Auf die Plätze, fertig, tot

D1727552

Regina Jurczyk

© VAWS • Postfach 10 13 50 • D-47013 Duisburg

Telefon (0208) 5941661 • Telefax (0201) 5941669

1. Auflage 2002

Alle Rechte vorbehalten

ISBN 3-927773-40-9

1

Ed hatte den Kragen seiner Jacke hochgeschlagen. Der Wind peitschte den Regen gegen sein Gesicht und suchte seinen Weg den Nacken herunter. Auf den Straßen hatten sich schon sehr bald große Wasserpfützen angesammelt. Sie zu umgehen lohnte sich nicht, das Wasser stand ohnehin schon in seinen Schuhen.

Die kalten Regentropfen taten ihm gut. Kühlten sie doch sein geschwollenes Auge und seine gebrochene Nase. Ed ging die Straße entlang in Richtung Innenstadt. Schnell gehen konnte er nicht, denn bei jedem Einatmen schmerzten seine Rippen. Mit den Typen war eben nicht zu spaßen. Das wusste er schon, bevor er sich das Geld von ihnen geliehen hatte. Dafür lief alles recht schnell und unkompliziert ab. Keine Prüfung der Sicherheiten, keine Finanzierungsgespräche, keine Schufa-Auskunft und kein Schriftkram. Einfach nur hingehen und sagen wieviel Geld man braucht und wann man es zurückzahlt. Die Zinsen waren natürlich enorm hoch, aber es lohnte sich. Es interessierte auch niemanden, wofür man das Geld benötigte. Wäre Ed zur Bank gegangen und hätte gesagt, er brauche 30.000,- DM, weil er beim Wetten, im wahrsten Sinne des Wortes, auf das falsche Pferd gesetzt habe, so hätte er vermutlich nur ein müdes Lächeln geerntet.

Im Gegensatz zu den Banken war Moskitos Geschäftsadresse auch nicht die Kaiserstraße oder die Stadtwaldallee, sondern vielmehr eine kleine Nebenstraße in einem heruntergekommenen Stadtteil. Auch Büroräume oder ähnliches gab es nicht. Ein Hinterzimmer genügte.

Natürlich musste ihm Moskito, Ed kannte ihn nur unter diesem lächerlichen Spitznamen, noch eine kleine Lektion erteilen. Schließlich war er drei Tage zu spät mit der Kohle rübergekommen. Für jeden Tag waren Überziehungszinsen der besonderen Art fällig. Bei bis zu drei Tagen Überziehungszeit wurden die Zinsen noch mit der Faust von einem seiner Bodygards abgegolten. Er hatte also noch einmal Glück gehabt. Drei Tage wurden so mit einem blauen Auge, einer gebrochenen Nase und einer, wahrscheinlich gebrochenen, Rippe verzinst.

Irgendwie war es schon ziemlich irre, sich bei einem Kredithai Geld zu pumpen, um seine Wettschulden bei Charly zu bezahlen. Aber dadurch hatte er immerhin 14 Tage Zeit gewonnen. Und Charly verzieh Spielschulden ebenso wenig wie Moskito.

Zum Glück hatte er die Kleine aus dem Buchladen dazu bringen können, für ihn einen Kredit bei der Bank über 30.000,- DM aufzunehmen. Durch einen dummen Zufall waren sie sich im Buchladen über den Weg gelaufen. Den Laden hatte er eigentlich nur aufgesucht, weil er einer älteren Dame gefolgt war, die zuvor ihre gesamte Rente vom Konto abgehoben hatte. Er wartete nur noch auf eine günstige Gelegenheit, die Oma um ihr Geld zu erleichtern. Doch die Kleine hatte ihn, mit einem Stapel Bücher auf dem Arm, über den Haufen gerannt und weg war die goldene Gans. Auf ihre Entschuldigungen und der höflicherweise dahingestellten Frage auf Wiedergutmachung, hatte er sich mit einem charmanten Lächeln zum Abendessen eingeladen. Über diese freche Selbsteinladung kam man schließlich ins Gespräch und er erhielt tatsächlich die erhoffte Einladung.

Mit kleinen Überraschungen wie Konfekt oder (gestohlenem) Parfüm, hatte er schnell ihr Herz gewonnen und zog 14 Tage später in ihre Wohnung ein. Eine willkommene Abwechslung zu seiner Absteige. Zudem waren Kost und Logis frei.

Ed ging weiter die Straße runter. Noch immer prasselte der Regen auf ihn ein. Menschen waren um diese Uhrzeit kaum noch auf der Straße. Die meisten schliefen wohl schon oder saßen noch vor dem Fernseher.

Die gelegentlich vorbeifahrenden Autos reagierten nicht auf seine Anhalteversuche. Busse fuhren schon lange nicht mehr und für ein Taxi hatte er kein Geld. Er würde wohl die restlichen Kilometer auch noch zu Fuß gehen müssen. Als er in der Dunkelheit zwei Scheinwerfer aufleuchten sah, versuchte er erneut mitgenommen zu werden. Ed stellte sich unter eine Straßenlaterne, damit er auch rechtzeitig vom Fahrer gesehen wurde. Die Scheinwerfer kamen rasch näher. Offenbar fuhr das Auto, ein silberfarbener Mercedes Sportcoupe, mit hoher Geschwindigkeit. Als es nur noch wenige Meter entfernt war, zog er zum rechten Fahrbahnrand rüber. Ed war froh, ein Stück mitgenommen zu werden und so dem Hundewetter zu entkommen. Der Wagen fuhr mit unverminderter Geschwindigkeit auf ihn zu. Anstatt jedoch anzuhalten, fuhr er mitten durch eine riesige Pfütze, welche sich entlang des Bordsteins gebildet hatte. Das Ergebnis war durchschlagend. Obwohl Ed noch versuchte sich wegzudrehen, konnte er dem Wasserschwall nicht entgehen. Jetzt war er endgültig nass bis auf die Knochen.

Eds lautes Fluchen konnte der Fahrer nicht mehr hören. Die Dunkelheit und der Regen hatten ihn schon verschlungen.

Wütend setzte Ed seinen Weg fort. Hinter einer Kurve erkannte er in einiger Entfernung die Anzeigetafeln einer Tankstelle. Ed kramte in seiner Hosentasche nach Kleingeld. Von den paar Mark die er noch besaß, konnte er wenigstens eine Schachtel Zigaretten kaufen.

Als er auf die Tankstelle zuging, erkannte er sofort den silberfarbenen Mercedes. Ed hielt nach dem Fahrer Ausschau. Außer dem Verkäufer befand sich nur noch ein kleiner dicker Mann mit rotem schütteren Haar im Tankstellenshop. Ed konnte erkennen, wie er noch eine Flasche Sekt aus dem Regal nahm und zum Kassierer ging. Um seinen Frust ein wenig abzubauen und sich zu revanchieren, beschloss er, dem Typen die Nase zu brechen und die Flasche Sekt als Entschädigung an sich zu nehmen.

Als Ed an dem Wagen vorbei gehen wollte, bemerkte er den Schlüssel im Zündschloss. Kurzerhand entschloss er sich, die Fahrgelegenheit zu nutzen.

Ed ließ den Motor laut aufheulen. Dann wartete er, bis der Dicke mit hochrotem Kopf aus dem Shop gelaufen kam, ließ die Reifen durchdrehen bis grau-schwarze Qualmwolken an den Seiten hervorquollen und gab Gas. Mit lautem Hupen und dem ausgestreckten Mittelfinger verabschiedete er sich vom Fahrer. Das geschah ihm ganz recht.

Ed fuhr mit dem Auto nun schon seit zwei Stunden kreuz und quer durch die Stadt. Der strömende Regen hatte nachgelassen, nur noch ein leichter Nieselregen ließ ihn gelegentlich den Scheibenwischer anstellen. Da er selber keinen Wagen besaß, genoss er es, mit einem derartigen Luxuswagen zu fahren. Die Sitze waren aus rotem Leder und beheizbar, die Armaturen klassisch stilvoll angeordnet und durch rote Farbornamente mit der übrigen Innenausstattung abgestimmt. Der Tachoendwert wurde mit 280 km/h angezeigt, was Ed besonders imponierte. Immer wieder brachte er innerhalb weniger Sekunden den Wagen auf Höchstleistung. Er probierte ABS, Anti-Schlupf und sonstiges Fahrverhalten aus.

Nebenbei wärmte er sich mit einigen Schlucken aus einer Flasche Cognac auf, welche er im Handschuhfach gefunden hatte. Je mehr er trank, um so waghalsiger wurden seine Fahrmanöver.

Es störte ihn wenig, wenn das Heck ausbrach und gegen einen Abfalleimer oder einen Briefkasten rutschte. Ganz im Gegenteil. Ed entwickelte einen Heidenspaß, während des Lenkmanövers die Handbremse zu ziehen und herumzwirbeln.

Die stummen Spieler lieferten sich ein hartes Kopf-an-Kopf-Rennen. Es stand mittlerweile 5 zu 4 für die Briefkästen und den nächsten gelben Kasten hatte er schon im Visier. Mit rasender Geschwindigkeit fuhr er auf die Bürgersteige rauf und runter. Wasserfontänen spritzten an den Seiten hoch. Der CD-Wechsler, den er auf Repeat-Play eingestellt hatte, ließ Brian Johnson immer wieder vom "Highway to hell ..." grölen. Die Bassboxen brachten seine Magenwände zum Vibrieren.

Den Briefkasten erwischte er frontal. 6 zu 4. Gewonnen und Time out. Ed hatte die hinter dem Briefkasten verlaufende Gartenmauer nicht bedacht. Diese brachte seine Fahrt und seinen Höhenflug abrupt zum Stehen. Der Airbag löste aus und Ed flog mit seinem Oberkörper in das Luftkissen. Game over.

Sein rechter Fuß war zwischen den Pedalen verkeilt, welche sich durch den Aufprall verbogen hatten. Es kostete ihn einige Anstrengung und Schmerzen, den eingeklemmten Fuß wieder herauszuziehen. Als Ed nach seinem verlorengegangenen Schuh griff, bemerkte er den Revolver. Dieser lag gut versteckt im Staufach unterhalb der Lenksäule. Ed nahm den Revolver in die Hand und ließ die Trommel seitlich herausgleiten. In jeder einzelnen Kammer steckte eine Patrone. Mit einem leisen Klicken rastete die Trommel wieder ein. Ohne weiter darüber nachzudenken, steckte er sie in seinen Hosenbund. Bevor er sich aus dem Staub machte, ließ er seinen Blick auf der Suche nach weiteren brauchbaren Sachen noch einmal durch das Wageninnere schweifen. In der Mittelkonsole lag ein silbernes Feuerzeug mit dem Monogramm "KF" und hinter dem Beifahrersitz entdeckte er noch ein Bild in einer Ledermappe. Beides nahm er an sich und humpelte eiligst davon.

2

Frau Bloming zuckte zusammen, als die Eingangstür aufflog und mit einem lauten Krachen gegen den Garderobenständer stieß. Noch nicht einmal einen knurrigen Morgengruß brachte er hervor. Den Blick starr geradeaus gerichtet, die Lippen aufeinandergepresst und die Augen zusammengekniffen fegte ihr Chef wie ein Orkan geradewegs an ihrem Schreibtisch vorbei. Durch sein hochrotes Gesicht und seine massige Erscheinung erinnerte er in diesem Moment stark an eine gereizte Bulldogge. Sofort verschwand er in seinem kleinen Büro. Geräuschvoll schlug die Tür hinter ihm zu.

Als seine Sekretärin hatte sie in den letzten Jahren schon des öfteren seine schlechten Launen zu spüren bekommen. Derartig verärgert hatte sie ihn bislang jedoch noch nicht erlebt. Der kurze Blick, den sie in sein hochrotes Gesicht hatte erhaschen können, sagte ihr, dass es besser war, ihn in den nächsten Stunden lieber nicht zu stören. Welche Laus ihm auch immer über die Leber gelaufen war, sie musste mächtig groß gewesen sein. Eigentlich war es ihr auch egal, was ihn so verärgert hatte. In all den Jahren hatte ein Gespräch zwischen ihr und ihrem Chef über die Belange des Geschäftes hinaus nicht stattgefunden. Nie wurde ein persönliches Wort gewechselt oder mehr als ein Tagesgruß ausgesprochen. Mittlerweile hatte sie sich daran gewöhnt. Nicht, dass sie es so gewollt hatte, aber ihr Chef schien darauf keinen Wert zu legen. Hieran würde sich auch in Zukunft nichts ändern. Sie erledigte einfach ihre Arbeit, stellte keine unangenehmen Fragen und ging wieder nach Hause. Schließlich war die Bezahlung gut.

Noch immer war seine Wut, ausgelöst durch den Vorfall am gestrigen Abend, nicht verraucht. Karl Fromm saß rasend vor Wut in seinem Büro. Als die Polizei ihm telefonisch mitgeteilt hatte, dass sein Wagen aufgefunden worden sei, war er sofort losgefahren. Der Wagen stand auf dem Gelände eines Abschleppunternehmers. Die Seiten des Autos erinnerten stark an Wellblech. Ringsherum wies er starke Beschädigungen auf und war nicht mehr fahrbereit. Sofort hatte er im Inneren des Fahrzeuges nachgesehen. Doch das Bild war verschwunden, ebenso seine 38er und sein Feuerzeug. Wahrscheinlich wusste der Idiot noch nicht einmal etwas damit anzufangen.

Üble Rachepläne gärten jetzt in ihm. Aber dazu musste er den Typen erst einmal in die Finger bekommen.

Von den Bullen erhoffte er sich keine Hilfe. Für die war der Typ nur ein durchgekiffter Junkie, der seine Fahrkünste ausprobieren wollte, und davon gab es schließlich eine ganze Menge. Wo sollte man also anfangen zu suchen. Das ist wie mit der Nadel im Heuhaufen, meinte der Polizist. Außerdem habe er seinen Wagen wieder zurück. Der Rest war ohnehin Versicherungssache.

Fromm überlegte sich, was der Typ jetzt mit den geklauten Sachen machen würde. Das Bild könnte er sonstwo aufhängen, es verschenken oder auf den Müll schmeißen. Alleine der Gedanke an diese Möglichkeit ließ sein Herz zweimal aussetzen. Wenn er über das Bild an ihn herankommen wollte, musste schon ein kleines Wunder geschehen, und an Wunder glaubte er eben nicht. Also blieb nur noch das Feuerzeug und der Revolver. Dass er in die nächste Bank gehen und mit dem Revolver umherballern würde, war nicht sehr wahrscheinlich. Vielleicht würde er ein bisschen damit angeben oder jemanden bedrohen. Mehr aber nicht. Er schätzte ihn eher als Gelegenheitskrimineller ein, der zu viele Action-Filme gesehen hat und einmal in seinem Leben zumindest ein bisschen cool sein wollte. Bei dem nächsten finanziellen Engpass würde er den Revolver wahrscheinlich verkaufen. Eine nicht registrierte Waffe brachte schließlich einige Hundert Mark ein. Das wäre dann seine Chance, etwas mehr über ihn in Erfahrung zu bringen, denn über die meisten Geschäfte, die unter der Ladentheke verhandelt wurden, war er bestens informiert. Das Feuerzeug würde ihm auch ein hübsches Sümmchen einbringen, wenn er es verkauft. Schließlich ist es echt Silber und mit goldenen Initialen versehen.

Schwerfällig hob er sich aus seinem Stuhl und machte sich auf den Weg.

3

Es war ein wunderschöner Herbsttag. Die Bäume leuchteten in den schönsten Rottönen und ließen nach und nach ihre farbenfrohe Blätterpracht auf den Boden herabgleiten.

Kinder spielten in der wärmenden Sonne. Unermüdlich häuften sie die Blätter zu kleinen Hügeln auf, um dann mit lautem Geschrei durch sie hindurchzulaufen oder um sie hoch in die Luft zu werfen.

Ed saß in einem der wenigen noch geöffneten Straßencafés und genoss den Sonnenschein. Vor ihm stand eine heiße Tasse Capuccino. Er zog das silberfarbene Feuerzeug aus seiner Hosentasche und zündete sich genussvoll eine Zigarette an. Von hier aus hatte er einen wunderbaren Blick in den gegenüberliegenden Park. Er schaute einen Moment den Kindern beim Spielen zu. Herablassend betrachtete er die Mütter, die in der Nähe ihrer Kinder auf der Bank saßen. Eine Reihe schnatternder Hühner, die sich den ganzen Tag über Kochrezepte und Kinderkrankheiten unterhielten.

Ed war kein Freund von Kindern. Er mochte diese kleinen kurzhalsigen Monster nicht. Schon als kleinste Wesen fordern sie lautstark nach einem Futterknecht, kotzen einen voll und verwandeln jede Pampers in eine Stinkbombe. Als Dank belohnen sie einen mit nervenaufreibendem Geschrei, welches bis in die allerletzte Gehirnwindung vorzudringen scheint. Sein Versorgungssklave hat daraufhin mit einem beruhigenden "eijei-jei-jei" zu reagieren und ihnen ein Schlaflied vorzuträllern. Sie gönnen ihren Sklaven immer nur eine kurze Erholungspause, bevor die Tyrannei von vorne beginnt.

Sind sie in dem Alter, in dem sie sich selbständig fortbewegen können, bleibt kein Gegenstand, wo er abgestellt wurde, und grundsätzlich wird alles angesabbert, was ihnen in die Hände kommt.

Im Kindergarten, spätestens aber im Schulalter, fangen sie an, die ersten Forderungen zu stellen und versuchen die Eltern so weit zu reizen, bis sie kurz vor einem Wutausbruch stehen. Das nennt man dann *die Grenzen austesten*.

Bekommen sie schließlich keinen Job oder studieren sie hier und da mal einige Semester, so sind die Eltern sogar laut Gesetz auch weiterhin dazu verpflichtet, ihr Geld in das gierige Kindermaul zu werfen.

Zu guter Letzt werden aus den kleinen - große fleisch- und geldfressende Monster.

Ed behielt diese Einstellung allerdings lieber für sich. Bei dem Gedanken, wie er noch vor wenigen Wochen über Kinder gesprochen hatte, musste er schmunzeln. Da hatte er bei dem Thema Familienplanung noch von einer Aufgabe in seinem Leben gesprochen und wie stolz er doch sein würde, wenn ein Stammhalter über Generationen hinweg seinen Namen weiterleben lassen würde. Das Gesülze hatte gewirkt. Die Kleine aus dem Buchladen war ihm völlig erlegen und tat alles, um eine gemeinsame Zukunft wahr werden zu lassen. Sogar einen Kredit hatte sie für ihn aufgenommen. Natürlich hatte er ihr nicht gesagt, dass er das Geld brauchte, um seine Spielschulden zu bezahlen. Vielmehr hatte er ihr erzählt, dass er vor der Familiengründung finanzielle Sicherheiten schaffen wollte. Für den Fall, dass, was immer auch passieren mochte, schlechte Zeiten auf sie zukamen, sollte die Familie abgesichert sein. Aus diesem Grund wollte er eine Rücklage dadurch schaffen, indem er in Aktien investierte. Ein guter Freund, der ihn schon oft und gut beraten hatte, habe einen todsicheren Tipp für eine solide, gewinnbringende Investition, welche innerhalb von wenigen Wochen oder Monaten das doppelte bis dreifache erwirtschaftete. Das einzige was er brauchte, waren 30.000,- DM Startkapital. Erst wenn das Geld angelegt und Gewinn eingebracht hatte, sollte der Nachwuchs sich auf den Weg in eine sicher Zukunft machen.

Vorsichtshalber ließ er sich von ihr feierlich versprechen, dass sie seine Einstellung respektiert und solange mit ihrem Kinderwunsch wartet. Trotzdem kontrollierte er dennoch jeden Tag die kleine Schachtel in der sie ihre Pille aufbewahrte. Jeden Tag fehlte eine der ordentlich in der Verpackung aufgereihten Kügelchen.

Ed war vollends damit zufrieden, wie die Dinge bisher liefen. In ein paar Tagen würde er verschwinden. Die Kleine hatte ihn bestimmt bald vergessen und den Bankkredit hatte sie auch in ein paar Jahren zurückgezahlt. Schließlich lebte sie ja sparsam und gönnte sich selber kaum etwas.

Die Bedienung holte ihn aus seinen fernen Gedanken zurück. Sein zusammengekramtes Kleingeld reichte gerade noch für den Cappuccino. Als er das Feuerzeug einsteckte, kam ihm eine Idee.

Herbert Wehmer begutachtete kritisch das silberne Feuerzeug in seinen Händen. Durch die goldverzierten Initialen "KF" war es leicht zu erkennen. Ihm gegenüber stand ein junger Mann, welcher ihm das Feuerzeug zum Kauf anbot. Nachdem man über den Preis verhandelt hatte, wechselte es schließlich den Besitzer.

Als der junge Mann auf die Straße trat, hatte Wehmer bereits seine Jacke ergriffen. Er schloss kurzerhand sein Geschäft ab und folgte ihm in ein naheliegendes Café am Stadtpark. Vom Café aus bummelte der junge Mann die Straßen entlang.

Wehmer war stets darauf bedacht, genügend Abstand zu halten. Schließlich wollte er die 3.000,- DM nicht durch Unachtsamkeit verlieren. Es war ein leichtes, dem jungen Mann zu folgen. Er blickte sich nicht einmal um. Offensichtlich hatte er nicht die leiseste Ahnung, wem er auf die Füße getreten war. Warum Karl, ihm besser bekannt als Kalle, unbedingt sein Feuerzeug und die Adresse von dem Typ haben wollte, wusste er nicht. Aber er wusste sehr wohl, dass es manchmal besser war, nicht zu viele Fragen zu stellen. Was ging es ihn an? Er wollte nur schnell an das leicht verdiente Geld, mehr nicht.

Der Mann bog schließlich in eine kleine Gasse ein. Hier verschwand er in einem der schäbigen Reihenhäuser.

Die Herbstsonne lockte nur wenige Menschen auf die Straße. Die Gasse wirkte wie ausgestorben. Nur ein alter Mann in einem grünen Kittel fegte in Zeitlupe die Blätter auf dem Bürgersteig zu einem Haufen zusammen.

Wehmer betrachtete die Häuserfront der Alten Speicherstraße. Von all den Altbauten wirkte das Haus Nr. 5, in dem der Mann verschwunden war, am ungepflegtesten. Das Dach sah stark reparaturbedürftig aus. Der rotbraune Klinker wurde von einer dicken Dreckschicht überzogen. Die kleinen, von der Witterung gegerbten Holzfenster, hatten dringend einen Anstrich nötig. Die vier, zum Teil beschädigten, Klingelschilder waren nicht mit Namen versehen.

Wehmer trat wieder auf die gegenüberliegende Straßenseite. Die Fenster auf der linken Seite im ersten Stock, welche direkt unter dem Dach lagen, wiesen Löcher auf. Vermutlich stand die Wohnung leer, da sich auch keine Gardinen vor den Fenstern befanden. Im Fenster des Erdgeschosses hatte er auf der einen Seite einen Mann mit fleckigem Unterhemd und fettigen Haaren erkennen können. Auf der anderen Seite hörte er durch das halboffene Fenster lautes Kindergeschrei. Der Typ konnte also nur oben rechts wohnen. Wehmer hatte genug gesehen.

Die drei Tausender schmerzten Fromm nicht. Hatte es sich also gelohnt, jedes auch noch so kleine oder schmierige An- und Verkaufgeschäft der Stadt aufzusuchen. Die Inhaber waren ihm zum größten Teil gut bekannt, so dass er ihnen nicht nur sein Feuerzeug beschreiben, sondern ihnen auch von der 38er erzählen konnte. Für ihn, und vor allem für das Geld, hatten sie Augen und Ohren offengehalten. Das Ergebnis lag jetzt vor ihm. Er hielt nicht nur wieder sein Feuerzeug, sondern auch einen Zettel in der Hand. *Alte Speicherstraße 5, Wohnung oben rechts.*

4

"Meine Herren! Zum Schluss meiner Ausführung lassen sie mich bitte noch meine persönliche Meinung kundtun. Bei der Firma ProSecurity handelt es sich um ein finanzstarkes Unternehmen, welches durchaus über das entsprechende Kapital verfügt, um ein derartiges Produkt, wie den "Voicekey" auf den Markt zu bringen. Dieses bedingt jedoch eine umfangreiche, schon im Vorfeld anlaufende Werbekampagne, um den Kunden a) das neue Produkt vorzustellen und b) sein Kaufinteresse zu wecken. Denn niemand kauft ein teures Produkt, welches er nicht kennt oder von dem er meint, dass es nicht notwendig ist.

Die Werbekampagne muss derart gestaltet sein, dass kein Zweifel an der Sicherheit ⟨⟩ 'Voicekey' besteht. Dem Kunden muss schon durch die Werbung klargemacht werden, dass ein Schloss, welches auf einen persönlichen Stimmencode reagiert, wesentlich einbruchsicherer ist, als alles, was der herkömmliche Markt derzeit anbietet. In diesem Zusammenhang muss auch durch unsere Werbung immer wieder auf die wachsende Kriminalität hingewiesen werden. Je unsicherer sich der Bürger fühlt und je mehr Angst er hat, um so eher wird er bereit sein, Geld für seine Sicherheit auszugeben. Sie müssen sich die Angst der Bürger zunutze machen. Und genau das, soll durch die neue Kampagne erreicht werden.

Ist das Interesse erst einmal geweckt und informiert sich der Kunde bei dem Händler, so hat dieser die Möglichkeit, auf weitere Produkte der Firma ProSecurity hinzuweisen und so auf das Kaufverhalten einzuwirken. Ich denke da zum Beispiel an Produkte wie die einbruchshemmenden Tür- oder Fensterbeschläge oder Sicherheitsglas zum Beispiel. Alles Produkte, die sich bereits in ihrem Sortiment befinden und die durch die neu angelegte Werbekampagne gleichfalls eine Renaissance erfahren werden. Und das ist die Chance für ihr Unternehmen, die Verkaufszahlen in die Höhe zu treiben.

Aufgrund meiner langjährigen Erfahrung in der Branche kann ich daher sagen, dass bei einer Werbekampagne für ein derartiges Produkt ein zweistelliger Millionenbetrag zugrunde gelegt werden muss. Denn nur so kann sich ihre Sicherungseinrichtung und insbesondere der 'Voicekey' zum Verkaufsschlager des kommenden Jahres entwickeln.

Wenn Sie weiter keine Fragen an mich haben, dann danke ich Ihnen für Ihre Aufmerksamkeit."

Bei der anschließenden Erörterung stimmten die beiden betagten Geschäftsführer zwar grundsätzlich Frau von Stettens Ansichten zu, dennoch zeigten sie sich zunächst nicht bereit, einen Betrag von mehr als 8 Millionen Mark in die Werbung zu investieren. Durch entsprechendes Verhandlungsgeschick gelang es ihr dennoch, den Werbeetat auf 10,5 Millionen Mark zu erhöhen. Das entsprach zwar nicht ganz ihren Vorstellungen. Dennoch war sie sehr zufrieden mit dem Geschäftsabschluss.

Für das abschließende Geschäftsessen war in einem Restaurant auf dem "Primers" – Golfplatz bereits ein Tisch reserviert. Der Golfplatz war ca. eine halbe Stunde entfernt und stellte Dank seiner kunstvollen Gestaltung und Einbindung in die Natur eines der letzten Oasen der Ruhe nahe des Großstadtdschungels dar.

Da man beschloss, vor dem Essen noch einige Löcher zu schlagen, entschuldigte sich Susanne für ihr Fernbleiben. Sie hatte für Golf nichts übrig und eignete sich wahrscheinlich noch nicht einmal zum Caddy-Träger. Sie überließ es Heinrich, die einzelnen Vertragsmodalitäten festzuschreiben. Heinrich war der gute Geist der Firma. Mit seinen 55 Jahren hatte er ihr einiges an Lebens- und Geschäftserfahrung voraus. Seine maßgeschneiderten Anzüge und stets farblich abgestimmte Krawatten boten ein sehr ansprechendes Äußeres. Seine grauen Haare verliehen im Seriosität. Sein elegantes Auftreten war stets von Höflichkeit begleitet. Für die Firma war er unentbehrlich. Er war nicht nur ihre rechte Hand, sondern vielmehr ein liebgewonnener Freund.

Susanne wollte sich lieber bei einem ausgedehnten Einkaufsbummel entspannen. Sie erinnerte sich an ein lindgrünes Kostüm, welches sie letzte Woche in der Schaufensterauslage gesehen und ihr ausgesprochen gut gefallen hatte. Eine günstige Gelegenheit jetzt zuzugreifen. Schließlich hatte sie sich nach dem erfolgreichen Vertragsabschluß eine Belohnung verdient.

Nach ihrer Arbeit in Theos Autoreparaturwerkstatt radelte Alex immer mit dem Fahrrad nach Hause. Sie liebte es, die frische Luft einzuatmen und kam so bei dem dichten Straßenverkehr wesentlich schneller voran, als wenn sie sich einen alten Pkw reparieren und mit diesem fahren würde.

Zuhause angekommen schulterte sie ihr Fahrrad und trug es in die 1. Etage ihres Zwei-Zimmer-Appartements hoch. Im Schlafzimmer der Altbauwohnung stellte sie ihr Fahrrad ab und begann, ihre Arbeitsklamotten auszuziehen.

Wenn sie auch tagsüber während der Arbeit der Geruch von altem Motoröl, zusammengeschweißten Autoblechen oder Lackierarbeiten nicht sonderlich störte, so mochte sie das Gemisch dieser besonderen Duftmarke nach

Feierabend nicht mehr riechen. Der erste Gang war daher stets in Richtung Badezimmer.

Ihrer Kleidung entledigte sie sich kurzerhand, indem sie diese auf den Fußboden neben die Toilette warf.

Nach dem Duschen stand sie suchend vor ihrem Kleiderschrank. Der einzige zweitürige Schrank gab endgültig keine sauberen Sachen mehr her. Vollgestopft mit verknubbelten Handtüchern, auf dem Schrankboden liegende Sweatshirts, alten zerrissenen Jeanshosen und einem alten schrumpeligem Apfel bot er einen Anblick des Grauens. Auch im übrigen Zimmer sah es ähnlich chaotisch aus. Über das ganze Zimmer waren schmutzige Kleidungsstücke, leere Bierdosen und mit Zigarettenkippen vollgestopfte, zu Aschenbechern umfunktionierte, Gefäße verteilt. An der einzigen, noch nicht vertrockneten Pflanze befanden sich nur noch wenige Blätter, was auf eine lang anhaltende Trockenphase oder die Zigarettenkippen in der Erde zurückzuführen war.

Wollte man das Zimmer durchqueren, musste man im Storchengang über die überall herumliegenden Sachen steigen. Auf dem winzigen Wohnzimmertisch stand noch der Rest einer Pizza vom vorigen Abend.

Alex mochte Pizzas, weil auch dort immer so ein wildes Durcheinander herrschte und vor allem, weil ihr Pizza auch noch kalt schmeckte.

Alex störte das Chaos nicht sonderlich. Sie hatte keine Lust, einen großen Teil ihrer Freizeit mit aufräumen, Wäsche waschen oder spülen zu verbringen.

Sie beschloss dem Chaos ein wenig Abhilfe zu leisten, indem sie einige herumliegende Kleidungsstücke, die ohnehin nicht mehr im besten Zustand waren, zusammensuchte, in eine Tüte stopfe und diese anschließend in den Abfall beförderte.

Nun galt es auch noch etwas Neues zu organisieren. Leider war der Secondhand-Laden an der Ecke Pleite gegangen, so dass sie zum Einkleiden in die Stadt fahren musste.

Ein Blick in die Zuckerdose brachte die Ernüchterung. Lediglich ein einsamer 20-DM-Schein guckte sie noch an, und das am Anfang des Monats. Alex beschloss, wie schon so oft, in Zukunft nicht mehr so viele Geschenke für Jonathan zu kaufen.

Alex beschloss kurzerhand den guten alten Ich-zahle-nicht-Einkaufstrick anzuwenden und fuhr mit ihrem Fahrrad los. Sie musste kräftig in die Pedale treten, wollte sie noch rechtzeitig vor Ladenschluss in der Stadt sein. Ihr Fahrrad stellte sie am Bahnhof ab und ging zu Fuß weiter in die Fußgängerzone. In einem der größten Warenhäuser der Stadt suchte sie schließlich die Abteilung für Damenkleidung auf. Interessiert schaute sie sich, zumindest scheinbar, nach den neuesten Winterjacken um. In Wirklichkeit sondierte sie jedoch sehr genau ihr Umfeld. Sie beobachtete, wo sich die Verkäuferrinnen aufhielten, wo die Videoüberwachungskameras installiert und Bewegungsmelder in der Decke eingebaut waren. Zum Glück hatte das Geschäft keine neuen Investitionen zur Diebstahlsicherung getätigt, so dass sie sich schnell wieder an alle Umstände von früheren "Besuchen" erinnerte. Alex spürte, wie das Kribbeln sie wieder beschlich, der Puls schneller und ihre Hände feucht wurden. Erst jetzt bemerkte sie, wie sehr sie diesen kleinen Nervenkitzel vermisst hatte. Es machte ihr Spaß, alles auszubaldowern und die anderen auszutricksen. Dem Kaufhaus würde dieser kleine Verlust sowieso nicht auffallen. Ein schlechtes Gewissen bekam sie nicht. Auch dann nicht, als ihr die Ermahnung von Richter Gerwers in Erinnerung kam. Aber das war schon lange her.

Alex erschien der Richter vor ihrem geistigen Auge. Eine kleine, leicht übergewichtige Person mit Nickelbrille, die so sehr an seinen Vorschriften und Gesetzen hing. Eine staubtrockene stinklangweilige Person, die wahrscheinlich jeden Abend mit einem Glas Cognac vor dem Kamin saß und ein Buch las. Er sollte mal den Nervenkitzel bei einem Einbruch und das anschließende Räuber- und Gendarmspiel erleben. Bei diesem Gedanken musste sie schmunzeln. Richter Gerwers in blau-weiß gestreiftem Anzug. Am Fuß eine Kette an deren Ende eine dicke Eisenkugel lag.

Alex zeigte weiterhin großes Interesse an den Winterjacken. Eine rote Daunenjacke hatte es ihre offensichtlich besonders angetan.

"Ist sie nicht wunderbar warm? Und auch so modisch schick!" , hörte sie eine Stimme hinter sich sagen.

"Ja. Die ist wirklich geil", entgegnete Alex und drehte sich zu der Verkäuferin um. Musste diese dumme Ziege denn immer noch versuchen, Klamotten an die Kundschaft zu verkaufen. Die sollte doch lieber nach Hause gehen und ihrem Ehemann das Essen kochen.

Ein Blick auf die große Uhr über der Rolltreppe sagte ihr, dass es bereits 18.25 Uhr war und das Geschäft in 5 Minuten seine Türen schloss. Nur noch hier und da eilten einige Frauen durch die Kleiderständer um noch in der allerletzten Minute ihr Geld auszugeben. Langsam rannte ihr die Zeit davon und sie musste noch diese schrecklich aufgetakelte dumme Ziege loswerden.

"Nun, in blau gefällt sie mir auch ganz gut, oder in grün? Aber ich denke, ich überlege es mir noch einmal. Ich habe heute ohnehin nicht so viel Geld dabei." Alex zog bei diesen Worten umständlich ihre Geldbörse aus der Tasche und öffnete sie. Ganz zufällig viel ihr dabei das ganze Kleingeld herunter. Mit einem Fluch begab sie sich auf den Boden und suchte auf allen Vieren nach ihrem Kleingeld. Die Verkäuferin war, wie sie gehofft hatte, wenig hilfsbereit und zog sich diskret zurück.

Als sie sich nach wenigen Minuten wieder aufrichtete, sie hatte bewusst eine Stelle gewählt, wo sie von den Überwachungskameras nicht erfasst werden konnte, befand sich nur noch eine Kundin auf der Verkaufsetage, die gerade in Richtung Rolltreppe ging und abwärts fuhr.

Alex zuckte zusammen, als der Gong ertönte und die Kunden über Lautsprecher aufgefordert wurden, das Geschäft zu verlassen. Zeit wieder abzutauchen, dachte sie und krabbelte unter einem runden Warenständer, an dem diverse Winterjacken hangen. Sie kauerte sich auf dem Drehfuß des Warenständers und lauschte nach Geräuschen aus ihrer Umgebung. Das einzige was sich jedoch hörte, war das Pochen ihres eigenen Pulsschlages. Alex traute sich kaum zu atmen. Nach wenigen Minuten ließ dieser angenehme Nervenkitzel jedoch nach und sie wurde zunehmend ruhiger. Hatte man sie bis jetzt nicht entdeckt, so würde sie auch nicht mehr auffallen. Und am nächsten Morgen unter der Kundschaft aufzutauchen und zu verschwinden war ein Kinderspiel.

Nach weiteren 5 Minuten hörte sie, wie die Verkäuferrinnen sich laut unterhaltend in Richtung Ausgang gingen und sich gegenseitig einen schönen Feierabend wünschten.

Alex wartete noch einige Minuten, bevor sie ihre unbequeme Sitzposition aufgab und sich langsam aufrichtete. Ihre Nervosität war jetzt vollkommen verschwunden. Nur noch ein angenehmes Erfolgskribbeln machte sich in ihrem Körper breit. An den Bewegungsmeldern vorbei bewegte sie sich zwischen den einzelnen Abteilungen und kleidete sich komplett neu ein. Angefangen von sündhaft teuren Slips und BHs aus Seide, bis hin zu Hosen, T-Shirt und Pullovern. Alles zog sie zwei oder dreifach übereinander. Nur ihre alte Jacke behielt sie an, damit sie am nächsten Morgen nicht auffiel.

Auf dem Weg zur CD-Abteilung verharrte sie plötzlich, als sie ein Geräusch vernahm. Instinktiv duckte sie sich und horchte. Einen Moment später hörte sie das gleiche Geräusch wieder. Irgend jemand musste noch im Geschäft sein. Die Reinigungskräfte kamen erst Morgen, das wusste Alex noch. Schließlich hatte sie hier aushilfsweise im Lager gearbeitet. Langsam schlich sie in Richtung Rolltreppe. Links neben der Rolltreppe verkündete ein großes Schild unter der Decke, dass die neue Herbstkollektion da sei. Die Umkleidekabinen für die Damen befanden sich einige Meter dahinter. Vor einer dieser Kabinen bemerkte sie eine ca. 35jährige Frau. Ihr auffälliger Goldschmuck war schon aus der Ferne zu erkennen. In einem lindgrünen Kostüm stand sie vor dem Spiegel betrachtete sich kritisch von allen Seiten.

Blazer auf, Blazer zu. Den Rock umgeschlagen und noch ein bisschen höher gezogen.

Typisch. Magersüchtige Frau aus wohlhabenden Verhältnissen, welche nichts anderes zu tun hat, als ihre Zeit mit dem Kauf neuer Modetrends zu verbringen, dachte Alex.

Die Frau verschwand wieder in der Umkleidekabine. Als sie den Vorhang hinter sich zuzog, war für Alex klar, dass sie sich immer noch innerhalb der Öffnungszeiten wähnte. Als sie wieder vor die Kabine trat, hing das lindgrüne sowie drei weitere Kostüme über ihrem Arm. Mit dieser Auswahl ging sie in Richtung Kasse.

Plötzlich fiel Alex der Bewegungsmelder ein, welcher oberhalb der Notausgangtür montiert war. Doch leider war es da schon zu spät. Am blinken des roten Lämpchens direkt unterhalb des Melders konnte sie erkennen, dass der stille Alarm bereits ausgelöst war.

Alex überlegte nicht lange, sondern rannte los. Sie wusste, dass in ein paar Minuten die Bullen auftauchen und mit ihren Schnüffelhunden das Geschäft absuchen würden. Für den jetzt eingetretenen Fall hatte sie vorsorglich einen Fluchtweg ausgekundschaftet. Hastig lief sie auf die Rolltreppe zu und eilte in die 1. Etage runter. Hierbei nahm sie noch den fragenden der Blick der Frau wahr, als sie in einigen Metern Entfernung an ihr vorbei lief. Darauf, unerkannt zu bleiben, konnte sie jetzt keine Rücksicht mehr nehmen. Die Zeit eilte schließlich. Unten an der Rolltreppe angekommen bog sie scharf nach rechts ab und rannte zu den Aufenthaltsräumen des Personals am Ende des Verkaufsraumes. Durch die Tür mit der Aufschrift "Privat" gelangte sie in einen kleinen weiß gekachelten Flur. Vorbei an den Personaltoiletten kam sie zu einer weiteren Tür. Da diese verschlossen war, musste sie sich des "Türöffners Größe 39" bedienen. Nach mehreren kräftigen Tritten brach das Schloss endlich aus der Türzarge und die Tür flog mit einem lauten Krachen auf.

Alex befand sich nun in dem sogenannten Kaffeeraum. Sie öffnete das Fenster und sprang von dort auf den 2 m tiefer liegenden Anbau des Hauses. Von dort war es ein leichtes über die Reklametafel den etwa 3 m unter ihr befindlichen Boden zu erreichen. Als sie sich schon mit einem Fuß auf dem Boden befand vernahm sie eine dunkle Stimme: "Guten Abend. Haben wir vielleicht unseren Schlüssel vergessen?"

Alex schaute direkt in den Schein einer Taschenlampe. Die dahinterstehende Person konnte sie nicht erkennen. Das war auch nicht nötig, denn sie wusste, dass diese Person eine grüne Uniform trug. Was nun kam, war für sie nicht neu.

Verflixt noch einmal. Schon wieder verspürte Bonnie, wie ihre Magensäure rebellierte. Die Tabletten, die sie sich gegen Übelkeit und Erbrechen aus der Apotheke geholt hatte, schienen nicht zu wirken. Schon wieder bestand ihr Mageninhalt darauf, nach draußen zu gelangen. Eilig suchte sie die nächste Toilette auf, bevor sie mitten in der Fußgängerzone in aller Öffentlichkeit erbrechen musste.

Sie schaffte es gerade noch rechtzeitig. Geräuschvoll spuckte sie auch den Zwieback in die Kloschüssel. Zum Glück war sie alleine auf der Toilette, so dass niemand etwas von ihrer Unpässlichkeit mitbekam.

Am gestrigen Abend hatte sie sich schon unwohl gefühlt. Hätte sie gewusst, dass sie heute im Stundentakt erbrechen musste, wäre sie gar nicht erst zur Arbeit gegangen. Sie verfluchte, dass sie gestern ihrem Heißhunger erlegen war und doch noch das ganze Glas Rollmöpse aufgegessen hatte.

Durch das ständige Erbrechen fühlte sie sich wie ein ausgewrungenes Handtuch. Ausgelaugt setzte sie sich auf den Klodeckel, lehnte den Kopf gegen die Seitenwand und wartete darauf, dass die Übelkeit verschwand. Mit starrem Blick schaute sie auf die kalten weißen Fliesen. Zwischendurch musste sie ihre Sitzposition allerdings immer wieder aufgeben, um ihren Brechreiz befriedigen zu können.

Nach dem dritten Versuch blieben die Tabletten in ihrem Magen. So langsam merkte sie, dass es ihr besser ging. Zumindest ließ die Übelkeit endlich nach. Ihr Magen hatte sich schließlich oft genug umgestülpt.

Mit wackeligen Beinen stand sie auf, ging zu den Waschbecken hinüber und wusch sich die Hände. Das kalte Wasser in ihrem Gesicht tat ihr gut.

Bonnie betrachte ihr Gesicht im Spiegel. Das, was sie sah, gefiel ihr nicht. Das grelle Neonlicht ließ ihr ohnehin schon viel zu blasses Gesicht noch kreidiger aussehen. Ihre schwarzen Haare bildeten einen krassen Kontrast und ließen ihr Gesicht wie eingerahmt aussehen. Matt spiegelten sich ihre üblicherweise schwarz glänzenden Augen wider. Der Ansatz zu Augenringen war in dem gleißenden Licht ebenso gnadenlos zu erkennen, wie jede auch noch so kleine Hautunreinheit.

Das Abreißen der Papiertücher war das einzige Geräusch, welches Bonnie vernahm. Wie ruhig eine Kaufhaustoilette doch sein kann, wunderte sie sich noch, als im nächsten Moment die Tür mit einem lauten Krachen auflog.

Sofort drehte sie sich zur Tür um. Doch auf das was jetzt noch geschah, hatte sie keinen Einfluss mehr. Wie erstarrt blickte sie auf die beiden mit Pistolen bewaffneten Männer. Laut schrieen sie ihr etwas zu, doch sie war zu entsetzt, um zu verstehen was los war. Im nächsten Augenblick wurde sie von einem der Männer gepackt und gegen die Wand gedrückt. Hände tasteten sie ab. Unsaft wurden ihre Arme auf den Rücken gedreht, die Handschellen schnappten zu.

Der grelle Blitz ließ Susanne die Augen zusammenkneifen. Sie stand mit einer Nummer in der Hand vor einer weißen Wand, während ein Beamter Fotos schoss und ihr dabei Anweisungen gab, wie sie sich hinstellen sollte. Anschließend wurden ihre Finger in schwarzer Farbe gedrückt und diese dann auf Papier abgerollt. In diesem Moment wünschte sie sich nichts sehnlichster herbei, als dass sich der Boden auftun würde und sie einfach in einer Spalte verschwinden könnte. Sie hoffte nur, dass niemals irgend jemand, der sie kannte, über diesen peinlichen Vorfall Kenntnis erhielt. Statt der Bodenspalte öffnete sich die Tür und ein ihr nur bis zum Kinn reichender Mann mit starken Aknenarben im Gesicht forderte sie im befehlsmäßigen Tonfall auf mitzukommen.

Sie gingen den Flur entlang zu einem der hinteren Zimmer. Im Vorbeigehen erkannte sie in einem der Büroräume die Frau wieder, die im Geschäft an ihr vorbeigelaufen war. Sie saß auf einem Stuhl und zog genussvoll den Rauch ihrer Zigarette ein. Ihre Füße ruhten auf einem weiteren Stuhl. Ihr gegenüber saß ein bulliger Typ mit rotem Gesicht hinter seinem Schreibtisch und starrte in eine Akte.

"Hören Sie", Susanne verlor langsam die Geduld. Immer wieder stellte der Kommissar die gleichen Fragen und immer wieder bekam er die gleichen Antworten zu hören. "Ich war in dem Geschäft, um dort einzukaufen. Ich habe nur nicht auf die Uhr gesehen. Mich hat auch niemand aufgefordert, das Geschäft zu verlassen. Ich habe nicht bemerkt, dass die Öffnungszeit schon vorbei war. Mir ist das erst bewusst geworden, als ich auf ihre Kollegen traf."

"Sicher. Und zufällig hatten sie einen Haufen der exklusivsten Klamotten über dem Arm."

"Ich wollte ja gerade zur Kasse gehen und diese bezahlen."

"Sie hatten doch nur knapp 300,— DM im Portemonnaie."

"Mit Checkkarte natürlich."

"Und was war mit den anderen Frauen, die wir im Geschäft festgenommen haben? Haben die auch nur beim Einkaufsbummel die Zeit vergessen?"

Die Gesichtsfarbe des Kommissars hatte sich mittlerweile Rot verfärbt und seine Stimme wurde von Minute zu Minute lauter.

"Was weiß denn ich. Ich kenne die anderen Frauen nicht. Ich habe sie noch nie zu vor gesehen."

"Sie erwarten doch wohl nicht, dass ich Ihnen das glaube."

"Doch, weil es so war." Eine Mischung aus Wut und Verzweiflung mischte sich unter Susannes Stimme.

Kopfschüttelnd unterbrach der Kommissar die Befragung und verließ das Zimmer. Susanne konnte hören, dass er sich auf dem Flur mit jemandem unterhielt. Sie stand auf und ging im Zimmer auf und ab. Was für eine absurde Situation. Hoffentlich traf ihr Anwalt bald ein und würde die ganze Sache klären.

Zwischen den Lamellen der Jalousie hindurch konnte Susanne im Nebenraum eine junge Frau mit dunklen Haaren und verheulten Augen erkennen. Sie saß zusammengesunken auf einem Stuhl und starrte vor sich hin. Mit ihrem blassen Gesicht, dem dunkelbraunen Rock und dem naturfarbenen Pullover, welcher mindestens zwei Nummern zu groß war, entsprach sie ziemlich genau der Vorstellung einer *grauen Maus*.

Mit ernster Mine kehrte der Kommissar in das Büro zurück.

"Frau von Stetten. Sie haben gesagt, dass sie die anderen beiden Tatverdächtigen noch nie gesehen haben. Wie erklären sie sich dann, dass einer dieser Frauen angibt, sie seien sich schon im Kaufhaus begegnet? Und das ausgerechnet diese Frau schon des öfteren wegen Diebstahls in Kaufhäusern polizeilich aufgefallen ist. Und wie erklären sie sich, dass die andere Tatverdächtige zugegeben hat, dass sie gemeinschaftlich diesen Diebstahl geplant und ausgeführt haben?"

"Was? Aber das stimmt doch gar nicht."

Ungläubig schrie Susanne den Beamten an. Sie konnte nicht glauben, was sie da gehörte hatte. Bislang war die ganze Sache für sie nur ein peinliches Missverständnis, dass sich schon aufklären würde. Aber jetzt. Susanne war mittlerweile ziemlich gereizt und mit den Nerven am Ende.

"Ich habe die Frau mit den blonden kurzen Haaren heute abend zum ersten mal flüchtig im Kaufhaus gesehen. Da ist sie an mir vorbeigerannt. Ich habe mir darüber weiter keine Gedanken gemacht. Und was die andere Frau betrifft, so kenne ich diese gar nicht. Und wenn sie was anderes behauptet, dann lügt sie. Außerdem habe ich es gar nicht nötig klauen zu gehen. Ich verdiene im Monat mehr Geld als sie das ganze Jahr über. Was sollen also diese absurden Unterstellungen?"

Der Kommissar schien von ihrer Äußerung wenig beeindruckt.

"Das werde ich Ihnen sagen. Ich weiß, wer sie sind. Ich weiß, dass sie aus einer der reichsten Familien in dieser Stadt stammen. Sie sind ein Einzelkind. Sie wurden von jeher mit allem überhäuft und überschüttet. Sie hatten schon immer genug Geld, um sich alles zu kaufen, was sie wollten.

Kleider, Autos, Häuser. Geld, dass sie sich nicht selbst erarbeitet, sondern das sie einfach zur Verfügung haben. Das Leben hat für sie keinen besonderen Reiz mehr. Sie wollen aber ein bisschen Abwechslung, ein bisschen Aufregung in ihrem Leben. Ist es nicht so? Und deswegen haben sie sich auf dieses Abenteuer eingelassen. Nur wegen dem Nervenkitzel."

Susanne war von dieser für sie unglaublichen Theorie so verblüfft, dass sie darauf keine Antwort fand. Fassungslos starrte sie ihn an.

"Sie spinnen doch. Ich sage jetzt so lange kein Wort mehr, bis mein Anwalt da ist."

Dieser erschien zu ihrem Glück einige Minuten später. Kurz darauf konnte sie das Polizeirevier verlassen.

Nur drei Zimmer weiter saß Alex. Das alte Frage-Antwort-Spiel war ihr wohl bekannt. Immer wieder hörte sie die gleichen Sprüche, wie "Also Kleine, jetzt erzähl schon!" oder "Was hast du denn sonst noch angestellt. Du kannst jetzt noch alles freiwillig sagen, bevor wir es selber rausfinden. Du weißt ja, so etwas sieht der Richter gerne, blabla blabla."

Alex sagte entweder gar nichts oder gab nur das zu, was man ihr ohnehin beweisen konnte.

Ihr Gegenüber, ein bulliger Typ mit Bürstenhaarschnitt und aufgeschwemmtem Gesicht, begann sie zu langweilen.

Alex war nur ein wenig neugierig, wer ihre angeblichen zwei Komplizinnen sein sollten. Eine davon war bestimmt die reiche Modezicke. Aber wer war die andere? Eine Antwort auf diese Frage bekam sie natürlich nicht.

"Pitbull" wirkte genervt und schien kein besonderes Interesse an ihrer Vernehmung zu haben. Zwischendurch holte er sich einen Kaffee, dann wieder Zigaretten. Eine dieser kurzen Unterbrechungen nutzte Alex, um in ihrer Akte Einsicht zu nehmen und sich die beiden Namen und Adressen ihrer "Komplizinnen" herauszuschreiben. Zum einen eine Susanne von Stetten, Stadtwaldallee 26. Dem Namen und der Wohnanschrift nach zu urteilen eindeutig die Modezicke. Und zum anderen eine Bonnie Speiler, Konradstraße 9. Als sie den Zettel einsteckte, betrat ein smarter Typ den Raum. Alex fiel als erstes auf, dass er außerordentlich gut gekleidet war. Mit seiner grauen Tuchhose, dem weißen Hemd mit der gelben Krawatte und der schwarzen Weste machte er einen sehr adretten Eindruck. Nicht gerade der Kleidungsstil, den sie üblicherweise von Zivilbullen gewohnt war.

Alex war sich nicht sicher, ob er mitbekommen hatte, dass sie sich die Namen notiert hatte. Vorsichtshalber tat sie so, als wäre nichts gewesen.

"Guten Abend. Mein Name ist Andreas Thoms."

"Das macht ja nichts", entgegnete Alex frech. Trotz des positiven ersten Eindrucks kam ihr Misstrauen, welches sie zunächst allen Polizisten entgegenbrachte, durch.

Pitbull betrat, eine heiße Tasse Kaffee vor sich her balancierend, ebenfalls den Raum. Mit einem "Also, noch mal von vorne", begann er gelangweilt seine Fragen zu wiederholen.

Thoms hatte sich derweil an einem auf der Seite befindlichen Tisch gesetzt, Alex´ Kriminalakte studiert und der Vernehmung zugehört. Nach ein paar Minuten wandte er sich an seinen Kollegen: "Bruno, lass es gut sein."

Mit einem unverständlichen Murren zog er das Blatt Papier aus der Schreibmaschine und beendete die Vernehmung.

"Frau Koschinski, Sie können nach Hause gehen", wandte sich Thoms an Alex.

Umgehend stand sie auf, ersäufte ihre Zigarette in Pitbulls Kaffee, wofür sie ein "Dummes Miststück" erntete und verließ das Zimmer.

5

Ed ging die Treppen zu seiner Wohnung hoch. Es war schon dunkel und durch die winzigen Fenster fiel nur der schwache Schein des Mondes in den Flur. Die lose, an einem Kabel herunterhängende Birne warf gespenstisch ihren Schatten an die Wand und trug nur wenig dazu bei, den Flur zu erhellen. Mittlerweile war es schon nach Mitternacht. Ed hatte wieder einmal als letzter Gast die Kneipe verlassen. Hätte der Wirt sich nicht geweigert, ihm noch ein weiteres Guinness einzuschenken, säße er wahrscheinlich immer noch am Tresen.

Aus der Wohnung seines Nachbarn konnte er den Fernseher hören. Wahrscheinlich ist der Alte wieder besoffen vor dem Fernseher eingeschlafen, vermutete Ed.

Er schloss die Tür seiner Wohnung auf. Licht brauchte er nicht. In seiner 2-Zimmer-Wohnung, welche aus einem Schlafzimmer, einem Wohnraum mit Küchenzeile und einem Badezimmer bestand, fand er sich auch im Dunkeln zurecht.

Als er sich in der Mitte des Wohnraums befand, wurde auf einmal die Stehlampe angeknipst. Verdutzt schaute er auf den dicken Typ, welcher in dem einzig vorhandenen Sessel Platz genommen hatte. Der ungeladene Gast sagte kein Wort, schaute ihn nur an und entnahm aus seinem Etui eine Zigarillo. Instinktiv ging Ed einige Schritte rückwärts. Bevor er jedoch die Eingangstür erreichte, riss jemand seinen Kopf in den Nacken. Gleichzeitig wurde sein Arm schmerzhaft auf den Rücken gedreht.

Obwohl er seine gesamte Kraft aufwandte, gelang es ihm noch nicht einmal ansatzweise, sich aus dem Griff zu befreien. Wie von einer eisernen Zange gepackt, blieb der Griff fest und gab keinen Zentimeter nach.

Eine Hand hatte sich über seinen Mund gelegt, so dass er nur einige Grunzlaute von sich geben konnte. Bevor Ed in das winzige Badezimmer gedrückt wurde, konnte er noch einen Blick auf seinen unangemeldeten Gast werfen. Dieser saß nach wie vor teilnahmslos im Sessel. Mit ausdruckslosem Gesicht betrachtete er die Szenerie und zündete sich genüsslich seinen Zigarillo an. Ed erkannte sofort das silberfarbene Feuerzeug mit den goldenen Initialen, welches er aus dem Auto mitgenommen und in dem kleinen An- und Verkaufgeschäft in der Domgasse versetzt hatte.

Das nächste, wessen Ed gewahr wurde, war, dass jemand den Abfluss seiner Toilette verstopft hatte. Das Wasser hatte sich bis zum Rand gesammelt. Zeit zum Luft holen blieb ihm nicht mehr. Sein Kopf war im nächsten Moment schon unter Wasser getaucht.

In Bruchteilen von Sekunden schossen Ed Bilder der vergangenen Tage durch den Kopf. Er sah Moskitos vernarbtes Gesicht, den silberfarbenen Mercedes, der an ihm vorbeischoss, die Kinder, welche im Park mit dem Laub spielten, seinen übergroßen, tanzenden Schatten im Treppenflur, den Mann im Sessel und vor allem sah er das Weiß der Toilettenschüssel.

Ed hatte die Augen weit aufgerissen, Luftblasen stiegen aus Mund und Nase hoch. Er spürte das Pulsieren seines Blutdrucks in den Schläfen, spürte, wie sich das Blut in den Halsschlagadern staute. Mit seinem noch freien Arm versuchte er vergeblich sich von der Toilette wegzudrücken. Panik stieg in ihm auf. Seinen Drang einzuatmen konnte er nicht mehr lange unterdrücken. Verzweifelt versuchte er mit dem Arm nach seinem Peiniger zu schlagen oder auf seine Füße zu treten. Eine Reaktion rief er dadurch nicht hervor. Unerbittlich hielt die Eisenzange ihn umschlossen.

Sein Bedürfnis zu atmen nahm überhand und gewann gegen seinen Verstand, welcher ihm zum Luft anhalten riet. Als er vermeintlich einatmete, floss das kalte Wasser durch Mund und Nase in seinen Hals, seine Luftröhre. Das Weiß der Toilettenschüssel schien zu verblassen. Ed konnte seinen Körper nicht mehr kontrollieren. Schlaff baumelte sein Arm am scheinbar leblosen Körper. Jetzt erst zog die Eisenzange seinen Kopf hoch. Seinen Griff lockerte er nicht.

Der erste flache Atemzug brachte ihn zum Husten. Wasser lief ihm aus dem Rachen. Sein Puls pochte in seinen Ohren. Langsam fand er die Kontrolle über seinen Körper wieder. Dennoch hing er geschwächt, wie ein betäubtes Schaf, in der Umklammerung.

Dann wurde sein Kopf erneut unter Wasser getaucht. Kraft zum Wehren hatte er nicht mehr. Er musste es einfach geschehen lassen. Als sein Kopf wieder hochgerissen wurde, atmete Ed gierig die Luft ein.

Der Typ im Sessel war aufgestanden. Auf sein Nicken öffnete sich die Eisenzange. Kraftlos fiel er zu Boden.

Ed war unfähig einen klaren Gedanken zu fassen. Im Moment war sein einziges Bestreben, seinem Körper Atemluft zuzuführen, was jedoch durch die ständigen Hustenanfälle erschwert wurde.

"Hör zu, du dreckige kleine Kakerlake", hörte Ed seinen ungebeten Gast sagen. "Du hast noch etwas, was mir gehört. Ich will das Bild zurück. Ich gebe dir ein paar Tage Zeit, dann komme ich wieder. Ist es bis dahin nicht da, ..." Unvollendet schwebte der Satz wie ein Damoklesschwert über Eds Kopf. "Wir sehen uns wieder."

Ed lag mit dem Gesicht auf den Fußboden. Er sah erleichtert, wie sich die schwarzen Halbschuhe in Richtung Wohnungstür bewegten. Als er den Springerstiefel auf sich zukommen sah, war es schon zu spät. Der Tritt schien seine Eingeweide zu zerquetschen. Vor Schmerzen wimmernd krümmte er sich auf dem Boden.

6

Susanne musste fortwährend an den gestrigen Abend denken. Ein Gespräch mit Dr. Pechstein hatte auch nicht weitergeholfen. Ihr Rechtsanwalt hatte ihr mit hoher Wahrscheinlichkeit eine Einstellung des Verfahrens in Aussicht gestellt oder aber schlimmstenfalls eine Geldstrafe. Dies machte er von dem weiteren Verhalten der ebenfalls festgenommenen Bonnie Speiler abhängig. Blieb sie bei ihrer Aussage, dass sie zu dritt diesen Diebstahl geplant und ausgeführt hatten, so wäre eine Verurteilung, auch bei gegenteiliger Behauptung der beiden anderen Beteiligten, sehr wahrscheinlich.

Über eine eventuelle Geldstrafe machte sie sich keine Sorgen. Angst hatte sie nur vor den Reaktionen ihrer Umwelt auf einen derartigen Vorfall. Ihr Ruf würde dadurch enorm geschädigt, was sich wiederum auch nachteilig auf ihre Firma auswirken könnte. Zudem missfiel es ihr, dass man ihr etwas vorwarf, was sie nicht getan hatte. Susanne wollte zu gerne wissen, was sich diese andere Frau dabei gedacht hatte, eine derartige Lüge zu verbreiten. Von Neugier getrieben und in der Hoffnung diese Person zur Vernunft zu bringen, setzte sie sich schließlich in ihren roten Sportwagen und steuerte die Adresse, Konradstraße 9, an.

Acht Klingelschilder wies der Hauseingang auf. Auf dem sechsten Klingelschild war der Name B. Speiler verzeichnet. Da sie ihr nicht über die Sprechanlage erklären wollte, wer sie war und was sie wollte, ging sie durch die offen stehende Haustür nach oben in den ersten Stock. Sie schellte an der Wohnungstür. Einmal, zweimal. Nichts rührte sich. Da auch auf Klopfen niemand reagierte, wandte sie sich zum gehen.

"Zuhause ist sie. Macht nur nicht auf."

Susanne drehte sich zur Seite und erblickte die Frau, die im Kaufhaus an ihr vorbeigerannt war und die sie auch auf dem Polizeirevier hatte sitzen sehen. Kritisch betrachtete sie die Person von oben bis unten. Lässig lehnte sie an der Wand und blies Rauchkringel in die Luft. Ihre Füße steckten in klobigen schwarzen Schuhen, die Jeans war ebenso abgetragen, wie die schwarze Lederjacke. Die kurzen, blondgefärbten Haare – der dunkle Haaransatz war deutlich zu erkennen – standen in alle Richtungen.

"Woher willst du das denn wissen", fragte Susanne provokativ.

"Hab den Nachbar von nebenan gefragt. Der sagt, Bonnie ist vor 'ner Stunde ungefähr nach Hause gekommen."

"Aber wenn sie uns nicht aufmacht, kann man wohl nichts weiter machen."

Ein wenig ratlos stand Susanne im Treppenhaus. Irgendwie missfiel es ihr, jetzt einfach so unverrichteter Dinge wegzugehen und nichts erreicht zu haben.

"Mmh. Moment mal", Alex warf die Zigarette auf den Boden, trat sie aus und ging die Treppe hinunter. Im Erdgeschoss drückte sie auf den Klingelknopf, der neben dem Schild Fischer (Hausmeister) angebracht war. Auf Schellen öffnete eine ältere Dame.

Als Alex ihr Anliegen vortrug, klang ihre Stimme eine Tonlage höher, als noch vor 2 Minuten.

"Entschuldigen Sie bitte die Störung, aber ich habe ein Problem, bei dem Sie mir vielleicht helfen können. Meine Schwester Bonnie, sie wissen schon, die aus der 1. Etage, sie ist heute Morgen von einem Auto angefahren worden und wurde dabei verletzt. Sie liegt jetzt im Krankenhaus und hat mich gebeten, ihr ein paar Sachen aus der Wohnung zu holen. Aber in der ganzen Aufregung habe ich vergessen, ihren Wohnungsschlüssel mitzunehmen. Ich wollte sie daher fragen, ob Sie mir wohl eben mal ihren leihen können, damit ich für sie Zahnbürste, Schlafanzug und so was holen kann? Die Sachen braucht sie doch jetzt im Krankenhaus."

Die ältere Dame, vermutlich die Frau des Hausmeisters, schien ernsthaft besorgt.

"Das tut mir aber leid für ihre Schwester. Und das, wo sie doch immer so nett und freundlich ist. Ich hoffe, dass sie nicht allzu schwer verletzt ist."

"Nein, nein. Nur eine leichte Gehirnerschütterung. In ein paar Tagen kann ich sie wieder nach Hause bringen. Aber bis dahin braucht sie ja etwas zum anziehen."

"Ja natürlich. Warten sie, ich hole ihnen eben den Wohnungsschlüssel."

Einen Moment später kehrte sie mit dem Schlüssel zurück und gab ihn Alex.

"Bitte bestellen sie ihr gute Besserung von mir."

"Ja, das werde ich ihr ausrichten. Auf Wiedersehen."

Alex ging die Treppen wieder rauf und grinste Susanne an. Diese hatte heimlich das Gespräch belauscht und war erstaunt, zum einen über ihre Kaltschnäuzigkeit und zum anderen darüber, dass sie jetzt den Schlüssel in der Hand und ihr entgegen hielt.

"Ich hab ihn geholt, Du machst auf."

Susanne zögerte. Ihr war nicht wohl bei dem Gedanken, ohne Erlaubnis einfach in eine fremde Wohnung einzudringen.

"Nun mach schon. Ich hab schließlich nicht ewig Zeit."

Die Wohnungstür öffnete sich mit einem Klicken. Leise Töne aus dem Radio kamen ihnen entgegen. Der Moderator kündigte gerade den Song "Tiger Feet" der Gruppe Mud aus den 70er Jahren an.

Langsam, wie auf der Pirsch, schob Susanne die Tür immer weiter auf und ging vorsichtig in den Flur. An der Garderobe vorbei ging sie langsam vorwärts. Susanne zuckte zusammen, als Alex hinter ihr die Tür ins Schloss fallen ließ. Das Badezimmer war leer. Mit einem zaghaften "Hallo. ist jemand zuhause?", ging sie weiter und gelangte in den Wohnraum. Küche und Wohnzimmer waren in einem großen Raum untergebracht und optisch nur durch zwei kleine Mauervorsprünge links und rechts getrennt. Auf der linken Seite befand sich die Küche. Die Spüle war vollgestopft mit jeder Menge schmutzigem Geschirr. Unter dem Fenster mit der Halbgardine stand ein Tisch mit zwei Stühlen. Ein kleiner Schwarm Obstfliegen schwebte über der Schale mit halb verfaulten Bananen und Äpfeln.

Susanne wandte sich nach rechts und ging in das Wohnzimmer.

"Hallo?!"

Keiner antwortete.

"Frau Speiler?! Sind Sie da?"

Susanne ging weiter in das Wohnzimmer rein. In der Mitte des Zimmers stand ein länglicher Wohnzimmertisch, dessen braunen Kacheln mit dunklem Holz umrandet waren. Auch der Wohnzimmerschrank und die Couch waren aus dunkelbraunem Holz und ließen schon die ersten Verschleißerscheinungen erkennen. Das Zimmer war dunkel, die massiven Eichenmöbel wirkten erdrückend.

"Frau Speiler?"

Zwischen dem Wohnzimmertisch und dem Fernseher vorbei ging Susanne auf die vor Kopf befindliche Tür zu, hinter der sie das Schlafzimmer vermutete. Bevor sie jedoch die Tür erreichte, stieß sie mit ihrem Fuß gegen etwas, was auf dem Boden lag. Als sie nach unten schaute sah sie, dass sie gegen ein Bein gestoßen war. Erschrocken ging sie einen Schritt zurück und blieb wie versteinert stehen. Mit weit aufgerissenen Augen starrte sie nach unten. Halb unter dem Wohnzimmertisch liegend erkannte sie die junge Frau wieder, welche sich auch schon auf dem Polizeirevier gesehen hatte. Jetzt lag sie in Bauchlage auf dem Boden, das Gesicht zur Seite gedreht. Ihre Haut wirkte unnatürlich blass und glich eher einer Wachsmaske. Die Augen waren geschlossen und aus dem Mund lief ein kleiner weißer Rinnsal, welcher auf dem Teppichboden einen nassen Fleck hinterließ.

Alex, die am Küchentisch saß und noch einen Stapel Briefe durchsah, wurde durch die Stille aufmerksam. Als sie um die Ecke kam, sah sie Susanne vor der am Boden liegenden Frau stehen. Mit einem Blick auf die leeren Röllchen, das Wasserglas und die halbleere Flasche Whiskey auf dem Tisch erfasste sie sofort die Situation.

Augenblicklich verschwand ihre gelassene, coole Art und wechselte nunmehr in ein Stadium der hektischen Betriebsamkeit. Kurzerhand schob sie Susanne beiseite und beugte sich zu Bonnie runter. Der Puls war schwach aber dennoch fühlbar. Auf ein paar kräftig ausgeteilte Ohrfeigen reagierte sie mit einzelnen Wortbrocken die unvollendet in der Luft hängen blieben und keinen Sinn ergaben.

"Los. Bring sie ins Badezimmer", herrschte sie Susanne an. Diese stand vor Schreck noch immer bewegungslos da.

"Nun mach schon."

Es kostete Susanne einige Überwindung, sich aus ihrer Versteinerung zu lösen und endlich zuzufassen. An den Handgelenken schleifte sie den Körper schließlich hinter sich her. Währenddessen gab Bonnie ein leises stöhnen von sich, so als wollte sie sich über diesen ungewöhnlichen Transport beschweren.

Alex kam mit einem großen, mit Salzwasser gefüllten Glas um die Ecke. Zusammen flößten sie Bonnie das Salzwasser ein, was offensichtlich Widerwillen in ihr hervorrief. Seine Wirkung verfehlte das Getränk nicht. Nur wenige Sekunden später erbrach sie sich in der Duschtasse. Nachdem der Brechreiz endlich nachgelassen hatte, sackte sie vollkommen erschöpft zusammen.

Ihr Kopf brummte wie ein Bienenstock. Auf ihrer Zunge lag ein widerlich pelziger Geschmack und eine Merklín schien in ihrem Magen Achterbahn zu fahren. Bonnie blinzelte in die Dunkelheit. Der Lichtschein, welcher aus der Küche in das Wohnzimmer fiel, hellte den Raum nur wenig auf. Langsam gewöhnten sich ihre Augen an die Dunkelheit. Nach und nach setzte auch ihr Denken und ihre Erinnerung wieder ein. Das letzte woran sie sich erinnern konnte, waren die Flasche Whiskey und die kleinen weißen Scheiben aus den Tablettenröllchen.

Warum sie jetzt auf der Couch unter einer Decke lag und wer die Frau in ihrem Wohnzimmer war, wusste sie nicht. Mit ihrer weißen Bluse, dem grauen bis zu den Knien reichenden, enganliegenden Rock und den schwarzen Stöckelschuhen wirkte sie sehr elegant. Gehetzt ging sie im Zimmer auf und ab und spielt nervös mit dem silbernen Anhänger ihrer Kette.

"Wer sind sie?", fragte sie mit schwacher Stimme.

Die Frau blieb stehen und schaute in ihre Richtung.

"Geht es Ihnen wieder gut?"

"Beschissen. Was machen Sie in meiner Wohnung und wie sind Sie hier reingekommen?"

"Ich hatte schon befürchtet, dass Sie nie mehr aufwachen. Aber Alex hat gesagt, Sie kommen schon wieder in Ordnung. Sie hat auch den Schlüssel geholt. Aber jetzt ist sie wieder weg."

Bonnie verstand nicht viel von dem, was die Frau ihr erzählte. Mühsam kämpfte sie sich unter der Decke hoch und ging schwankend in Richtung Küche. Von den drei Kaffeemaschinen, die sie auf ihrer Arbeitsplatte sah, griff sie nach der mittleren, was sich als richtig erwies. Mit zittriger Hand füllte sie die Kanne mit Wasser und schüttete den Rest Kaffee aus der Dose in den Filter. Susanne schätzte, dass jetzt auf eine Tasse Wasser ca. 4 Löffel Kaffee kamen. Sie beobachtete, wie sie sich auf den Küchenstuhl setzte und den Kopf mit ihren Händen abstützte.

"Warum haben Sie das gemacht?"

"Geht Sie nichts an."

Susanne setzte sich auf den anderen Stuhl. Sie wusste nicht, was sie sagen sollte. Betreten sah sich in der Küche um. Es war eine dieser Billigküchen, welche man in großen Möbelhäusern im Block kaufen kann. Die Türen waren hellbraun und an den Rändern mit dunklem Holz abgesetzt, genauso altmodisch wie die antike Pendeluhr an der Wand. Das gerahmte Bild, welches eine Szene aus dem 16. Jahrhundert darstellte, hätte man wohl eher in einer alten Bibliothek vermutet.

Noch immer herrschte Schweigen. Als das Wasser durchgelaufen war, stand Bonnie auf und goss sich eine Tasse Kaffee ein. Sechs Stücke Zucker ließ sie in das schwarze Gebräu fallen. Gedankenverloren rührte sie den Kaffee um.

"Seit wann sind Sie hier?"

"Wir sind gestern nachmittag gekommen. Wir, das sind Ihre beiden *Komplizinnen* aus dem Kaufhaus. Sie haben nicht aufgemacht. Aber die Nachbarin sagte, dass Sie da sind. Wir haben uns dann den Schlüssel von der Frau des Hausmeisters geholt."

"Das nennt man Hausfriedensbruch, was Sie da gemacht haben."

"Als ich Sie im Wohnzimmer habe liegen sehen, habe ich gedacht, Sie wären tot." Susanne lief bei dem Gedanken ein Schauer über den Rücken.

Bonnie rührte in ihrer Tasse.

Susannes Gedanken schweiften in ihre Vergangenheit. Auch in den vergangenen Stunden hatte sie keine Antwort auf ihre Frage gefunden, wie man sein Leben einfach so wegwerfen konnte. Sie konnte die Frau, die ihr jetzt gegenüber saß, einfach nicht verstehen. Außer ihrem Namen wusste sie ohnehin nicht viel von ihr und offensichtlich war sie auch in einem ganz anderen Umfeld aufgewachsen als Bonnie. Wirklich schwere Zeiten hatte sie nicht erleben müssen. Rückblickend konnte Susanne sagen, dass sie eine unbeschwerte Kindheit und ein wohl behütetes Erwachsenwerden hinter sich hatte. Sie hatte das Partyleben genauso genossen wie die zahlreichen Fern- und Studienreisen, die sie unternommen hatte. Sie hatte nur elitäre Schulen und Universitäten besucht und ihre ersten Fahrstunden hatte sie in einem Porsche absolviert. Geldnot kannte sie nicht. Das einzige Problem, was sie bisher hatte und wessen sie immer noch nicht sicher war, war wahre Freunde von geldgierigen Snobs zu unterscheiden. Auch bei ihren Männerbekanntschaften erging es ihr ähnlich. Nie konnte sie sich sicher sein, ob der Mann ihrer Person oder ihres Geldes wegen mit ihr zusammen war. Aber Selbstmord gehörte einfach nicht in ihr Leben. Das war etwas, mit dem sie nichts anzufangen und schon gar nicht umzugehen wusste.

Bonnie riss sie aus ihren Gedanken.

"Hören Sie, dass mit dem Kaufhaus tut mir leid." Bonnie schaute immer noch starr in ihre Kaffeetasse, so als ob sie daraus ihre Worte ablesen könnte.

"Ich hatte irgendwie einen schlechten Tag. Ich sollte wohl besser sagen einen schlechten Monat. Mein Freund ist letzte Woche einfach hier ausgezogen, ohne mir vorher irgend etwas zu sagen. Ich kam nach Hause und seine Sachen waren weg. Nichts hat er zurückgelassen, nicht einmal einen Brief. Einfach so. Und das, obwohl wir doch Kinder haben wollten. Wir wollten eine Familie gründen und uns eine Wohnung mit Garten suchen. Statt dessen hat er mich um 30.000,- DM betrogen und ist einfach verschwunden. Ich weiß noch nicht einmal, wo ich ihn finden kann."

Bonnie wandte nunmehr ihren Blick aus der Kaffeetasse ab, schaute kurz zu Susanne und dann auf das alte Bild, welches ein wenig schief an der Wand hing.

"Auf der Arbeit hat mir mein Chef auch noch gesagt, dass er mich nicht mehr beschäftigen kann. Ich habe in einem Buchladen gearbeitet, wissen Sie. Und weil das Geschäft im Moment nicht so gut geht, kann er es sich nicht mehr leisten, mich zu beschäftigen."

Bonnie schaute ihr Gegenüber an und wartete auf eine Bemerkung. Als sie jedoch nichts sagte, fuhr sie fort.

"Außerdem war mir gestern kotzübel. Ich habe die Toiletten in dem Kaufhaus nur aufgesucht, weil ich mich übergeben musste. Und dann kam auf einmal die Polizei reingestürmt und hat mich festgenommen. Auf der Wache hat der Polizist dann immer wieder gesagt, dass ich endlich zugeben soll, dass wir den Diebstahl gemeinsam begangen haben. Er glaubte mir nicht, dass ich nur auf der Toilette war, weil es mir so schlecht ging. Er hat mir noch nicht einmal ein Glas Wasser gegeben. Immer wieder fing er von vorne an. Er sagte auch noch, dass ich erst gehen kann, wenn ich zugegeben habe, dass wir drei den Diebstahl geplant hätten. Irgendwann wollte ich dann einfach nur noch nach Hause und habe das gesagt, was er hören wollte. Dann konnte ich gehen."

Susanne musterte die Frau, die ihr gegenüber saß. Ihre Wut darüber, dass sie fälschlicherweise des Diebstahls beschuldigt worden war, war verflogen. Teilweise konnte sie Bonnie auch verstehen. Was sie jedoch nicht verstand war, warum Bonnie die Tabletten genommen hatte.

"Es tut mir leid, wenn Sie meinetwegen Ärger bekommen haben. Ich gehe zur Polizei und mache das wieder gut. Ich sage, dass es nicht so war." Nach einer kurzen Überlegung fügte Bonnie hinzu: "Wenn das geht und die mir glauben."

"Darum geht es mir im Moment doch gar nicht. Ich frage mich vielmehr, warum Sie die Tabletten genommen haben. Ihnen ist mit Sicherheit etwas sehr belastendes passiert, aber deswegen bringt man sich doch nicht um."

Bonnie erwiderte nichts. Vielmehr überkam sie ein Gefühl von Verzweiflung und Wut zugleich. Gedankenversunken stand sie auf und begann nervös in der Küche auf und ab zu gehen. Sie spürte zunehmend die Anspannungen der letzten Tage und merkte, dass sie die aufkommenden Gefühle nicht mehr kontrollieren konnte. Ihre Stimme begann zu zittern, als sie Susanne anfuhr.

"Was wissen Sie denn schon. Sie kommen hier hereinspaziert mit Ihren blöden Stöckelschuhen und wollen mir sagen, was ich zu machen habe und was nicht. Was bilden Sie sich eigentlich ein?", wütete sie Susanne an. "Sind Sie denn schon mal so um Ihr Geld betrogen worden? Standen Sie schon einmal ohne Arbeit da? Haben Sie schon einmal einen Mann verloren, der Ihnen alles bedeutet hat und der Sie nur ausgenutzt hat? Wissen Sie überhaupt wie das ist?", schrie sie.

Bonnie ließ sich auf den Fußboden sinken. Tränen liefen ihre Wangen herunter. Mit leiser, fast erstickter Stimme sagte sie, "wissen Sie überhaupt wie das ist, von diesem Mann schwanger zu sein?"

Alex hatte der Frau des Hausmeisters den ausgeliehenen Schlüsselbund schon am gestrigen Abend zurückgegeben. Allerdings hatte sie vorher den Schlüssel von Bonnies Wohnung ausgefädelt und eingesteckt. Jetzt stand sie schon eine geraume Zeit im Flur der Wohnung und hatte die Unterhaltung zwischen Bonnie und Susanne mit angehört. Als sie die Küche betrat, sah sie Bonnie auf dem Boden sitzen. Mit dem Ärmel ihres Pullovers wischte sie sich die Tränen aus ihrem Gesicht. Susanne kniete neben ihr.

"Hi. Die Ablösung ist da. Ich habe ein paar Croissants mitgebracht." Alex legte die Tüte auf den Küchentisch und setzte frischen Kaffee auf.

Bonnie suchte derweil das Badezimmer auf, um sich das Gesicht zu waschen. Wie selbstverständlich setzte Alex sich an den Küchentisch, schaltete das kleine Radiogerät auf der Fensterbank ein und begann zu frühstücken.

"Wieviel hast du mitgehört?", fragte Susanne.

"Alles."

"Und was machen wir jetzt?"

"Ich bleibe heute vormittag erst noch einmal hier. Nur um sicher zu gehen", schmatzte Alex zwischen zwei Bissen. "Und dann müssen wir mal sehen, wie das alles so weitergeht."

Kurze Zeit später betrat Bonnie wieder die Küche. Sie goss sich ebenfalls eine Tasse Kaffee ein und setzte sich an den Tisch.

"Tja. Ich muss dann jetzt gehen. Es ist schon halb neun Uhr und ich muss zur Arbeit. Wenn etwas ist, ... Ich lass' mal meine Telefonnummer da, für alle Fälle." Susanne und legte ihre Visitenkarte auf den Tisch und ging.

Versteckt beobachtete Bonnie, wie Alex sich schon über das dritte Croissant hermachte. Neugierig betrachtete sie auch ihr Tattoo auf dem Oberarm.

"Musst du denn nicht arbeiten?", fragte Bonnie vorsichtig.

"Hab' mich für heute krank gemeldet. Hab' gesagt, ich hab' mir den Magen verdorben."

"Sag mal", begann Alex nach einer Weile. "Ich habe das vorhin mitgehört, mit der Schwangerschaft und so. Was willst du denn jetzt machen?"

"Ich weiß nicht. Darüber habe ich noch nicht so genau nachgedacht. Aber ich glaub, ich will das Kind nicht."

"Mmh. Und wieso hat dein Typ überhaupt zugelassen, dass du schwanger wurdest, obwohl er offensichtlich nie vor hatte, den good old Daddy zu spielen?"

"Er war der Meinung, dass ich regelmäßig die Pille nehme. Doch die habe ich heimlich immer weggeworfen. Ich wollte ihn ja mit der Schwangerschaft überraschen. Ziemlich doof was!"

"Ehrlich gesagt, ja."

In den nächsten Minuten hatten Bonnie und Alex das, was man wohl ein gutes Gespräch nennt. Sie unterhielten sich über alles mögliche. Vor allem suchten sie nach verschiedenen Möglichkeiten, wie Bonnie ihre derzeitige Situation verbessern konnte. Bonnie hatte das Gefühl, als würde sie Alex schon Jahre kennen und dass sie ihr alles anvertrauen konnte, ohne dabei ihr Gesicht zu verlieren. Und hiervon machte sie auch Gebrauch. Wie eine reinigende Dusche wirkte sich das Gespräch auf ihr Gemüt aus und von Minute zu Minute verschwand ihre depressive Stimmung und sie blickte stattdessen mehr und mehr optimistisch in die Zukunft. Teilweise konnte sie gar nicht anders, als sich über Alex´s freche Ausdrucksweise kaputtzulachen. Noch nie hatte sie jemanden getroffen, der so viele Slangausdrücke drauf hatte und mit so vielen coolen Sprüchen parieren konnte. Überhaupt bewunderte sie Alex selbstbewusste Art. Schließlich gelang es ihr sogar, sich ein Croissant herunterzuwürgen, welches Alex ihr anbot. Für das letzte Croissant – es war ihr viertes – opferte sich Alex.

Zu dieser Zeit ahnten beide noch nicht, dass Ed in ihrer unmittelbaren Nähe war. Er hatte bereits seit über einer Stunde vor dem Haus Stellung bezogen. Eigentlich hatte er warten wollen, bis Bonnie zur Arbeit gegangen war. Aber als sie nach 8.00 Uhr immer noch zu Hause war, beschloss er, trotz ihrer Anwesenheit, mit seinem Wohnungsschlüssel in die Wohnung zu gehen und das Bild zu holen. Gerade als er jedoch die Wohnungstür aufschließen wollte, kam jemand die Treppen hoch. Da Ed keinen Wert darauf legte, von den Nachbarn gesehen zu werden, schlich er schnell eine Etage höher. Zwischen dem Treppengeländer hindurch konnte er eine junge Frau mit kurzen blonden Haaren erkennen. Ausgerechnet vor Bonnies Wohnungstür blieb sie stehen. Sie setzte die Kopfhörer ihres Discman ab. Erstaunt sah er, dass sie die Wohnungstür mit einem Schlüssel öffnete. Bonnie hatte nie etwas von einer Freundin erzählt. Wie dem auch sei, er wollte auf jeden Fall warten, bis die Luft rein war und setzte sich solange auf die Treppenstufen.

Als nach wenigen Minuten eine weitere, ihm unbekannte Frau die Wohnung verließ, war er noch ein wenig mehr erstaunt. Jetzt konnte er sich erst recht keinen Reim auf die Besuche machen, zumal sich diese zweite Frau alleine schon durch ihr Äußeres von Bonnie und der anderen Frau unterschied. Ed schätzte, dass alleine das Kostüm einen vierstelligen Betrag wert war, den auffälligen Silberschmuck noch nicht einmal mitgerechnet. Neugierig folgte er ihr nach draußen. Dort stieg sie in einen äußerst exklusiven roten Sportwagen und fuhr davon.

Ed ging in das Wohnhaus zurück. Nach einer weiteren halben Stunde verlor er die Geduld. Schließlich konnte er nicht ewig warten, dachte er. Was sollten die beiden Frauen schon gegen ihn ausrichten. Bonnie war viel zu lieb, um sich ihm in den Weg zu stellen und mit der anderen Frau würde er schon fertig werden.

Mit einem Brodeln lief gerade die zweite Kanne Kaffee durch die Maschine. Bonnie war die erste, die Ed bemerkte. Plötzlich stand er im Eingang der Küche. Alex sah ihn erst, nachdem sie Bonnies starren Blick gefolgt war.

"Was willst du hier?", hörte sie Bonnie fragen.

"Ich will nur das Bild. Mehr nicht."

"Mehr nicht." Alex glaubte nicht was sie da hörte. "Du Scheißkerl lässt sie hier mit einem Haufen Schulden sitzen und dann kommst du wieder und willst auch noch Sachen aus der Wohnung holen. Du hast anscheinend ´n bisschen Unterdruck in deiner Birne."

"Hör zu," erwiderte Ed und wandte sich dabei an Bonnie, "ich will nur dieses Bild und dann bin ich für immer verschwunden, okay."

"Ed was soll das?", fragte Bonnie ein wenig irritiert. "Hast du nicht schon genug bekommen? Verschwinde und lass mich in Ruhe."

"Ja, ja." Ed war offensichtlich anderer Meinung. Unbeeindruckt ging er zur Wand und nahm das Bild ab. Als er sich zum Gehen wandte, stellte sich Alex ihm den Weg.

Ohne Vorwarnung schlug er ihr mit der Faust ins Gesicht. Alex Kopf flog zurück und sie fiel rittlings auf den Küchentisch. Instinktiv stützte sie sich mit den Armen ab. Hierbei bekam sie die Zuckerdose zu greifen und schon im nächsten Moment schlug sie mit knirschendem Geräusch auf Eds Kopf auf.

Ed quittierte den Treffer mit einem lauten Schrei. Blut floss aus der Wunde über seiner linken Augenbraue. Taumelnd ging er laut fluchend einige Schritte rückwärts. Das Bild fiel ihm aus der Hand und landete auf dem Küchenboden. Eds Hand griff nach dem Revolver in seinem Hosenbund und richtete ihn auf Alex. Bonnie war die erste die reagierte. Beherzt griff sie nach der Kaffeekanne und schüttete das heiße Gebräu in Eds Richtung. Ein Jaulen entfuhr seinem Mund, als der dampfende Kaffee sich auf seiner Brust und in seinem Gesicht verbreitete. Für einen Moment nahm er den Revolver herunter. Alex nutzte diese Gelegenheit und revanchierte sich mit einem Kinnhaken. Zusammengesunken landete Ed auf den Knien.

"Schnell, lass uns abhauen."

Beide rannten zur Wohnungstür. Bevor Alex jedoch die Küche verließ drehte sie sich noch einmal um, nahm das Bild und lief so schnell sie konnte Bonnie hinterher.

In Bonnies VW Jetta fuhren sie durch den dichten Stadtverkehr. Alex saß auf dem Beifahrersitz und dirigiert Bonnie zu ihrer Wohnanschrift. Dort waren sie vor Ed erst einmal sicher.

"Ich frage mich, warum er so hinter dem Bild her ist. Der hat doch nun wirklich schon genug ergattert. Warum wollte er unbedingt auch noch den alten Schinken haben?"

"Keine Ahnung. Dabei hat Ed mir das Bild erst vor einigen Tagen geschenkt. Ich weiß noch, wie er damit nach Hause kam. Es war mitten in der Nacht und ich hatte schon fest geschlafen. Er hat mich wachgerüttelt und mir gesagt, wie sehr er mich mag. Er hatte getrunken und lallte schon ein bisschen. Aber das störte mich nie, denn dann war er immer besonders zärtlich zu mir. Er schenkte mir das Bild und er wurde noch zärtlicher. Du weißt schon. Danach ist er eingeschlafen. Ich habe nicht gefragt, woher er das Bild hat. Ich fand es nett, dass er mir etwas mitgebracht hat. Aber besonders hübsch fand ich es nicht. Deswegen habe ich es auch nur in der Küche aufgehangen."

Alex holte das Bild vom Rücksitz und betrachtete es sich genauer. Irgend so ein Typ mit Prinz-Eisenherz-Schnitt saß mit seiner Ritterrüstung und Schild in der Hand auf einem schwarzen Pferd. Im Hintergrund war eine Burg mit im Wind wehenden Fahnen zu erkennen. Der verzierte Rahmen des Bildes schimmerte goldfarben.

"Das Bild ist schon etwas besonderes. Etwas besonders hässliches nämlich. Außerdem riecht es muffig. Wer weiß, wo er das her hat. Wahrscheinlich vom Flohmarkt oder so." Alex warf das Bild zurück auf den Rücksitz.

Bonnie sah sich ein wenig ungläubig in der Wohnung um. Noch nie hatte sie so eine chaotische Wohnung gesehen. Überall lagen Kleidungsstücke herum und auf den ersten Blick zählt sie 11, wohl bemerkt volle, Aschenbecher oder das, was dazu umfunktioniert worden war. Auf dem Boden vor dem Fernseher stapelte sich eine ganze Reihe von Video-Filmen. Auf dem Tisch stand der Rest einer Pizza. Von putzen oder aufräumen schien Alex offensichtlich nicht viel zu halten.

"Du hast einen Sohn", fragte Bonnie erstaunt, als sie auf die Fotos blickte, welche mit Reißzwecken an der Wand befestigt waren.

"Ja. Jonathan. Er ist vor zwei Monaten 7 geworden."

"Er sieht hübsch aus."

"Ja. Er kommt immer mehr nach seinem Vater."

"Lebt er bei ihm?"

"Er hat damals das Sorgerecht bekommen. Aber ich gehe ihn regelmäßig besuchen."

Bonnie räumte einige Sachen vom Sessel, bevor sie sich setzte.

Alex verstaute ein paar Eiswürfel in ein Handtuch, hielt die Enden zusammen und ließ das Tuch ein paar mal auf die Arbeitsplatte krachen.

Die Kühlung tat ihrer Schwellung am Auge gut. Das Pochen verschwand allmählich. Mit ein wenig Glück blieb noch nicht einmal ein blauer Fleck übrig.

Alex ließ sich auf das alte Sofa und den Kopf in den Nacken fallen. Ihre Füße stellte sie auf der Tischkante ab.

"Ich verstehe nicht, warum er unbedingt das Bild haben wollte. Er hat sich bei dir eingenistet, dir 30 Riesen aus dem Kreuz geleiert und ist dann von Heute auf Morgen so mir nichts dir nichts verschwunden. Warum taucht er auf einmal wieder auf und bringt sogar eine Knarre mit? Woher hat er das Ding überhaupt? Und wofür brauchte er das Geld? Ich glaube nicht, dass er es dem Waisenhaus gestiftet hat."

Der schrille Ton der Türklingel ließ Bonnie zusammenzucken. Ängstlich schaute sie zu Alex. "Ob er uns gefolgt ist?"

"Ich glaube nicht, dass er anschellen würde."

Alex öffnete die Wohnungstür. "Doozer, was treibt dich denn her?"

"Ich wollte mal sehen, wie es dir geht. Der Chef hat gesagt, dass du krank bist. Irgendwas mit dem Magen", antwortete er entschuldigend und drückt Alex eine Flasche Cola und ein Paket Salzstangen in die Hand. "Was ist mit deinem Auge passiert?"

"Ach, nicht der Rede wert."

"Alex, wenn du Hilfe brauchst, sag nur Bescheid. Wer immer das war, den mach ich platt."

Alex wusste nur zu gut, dass er auch genau das tun würde, wenn sie ihn um Hilfe bat. Mit seinen 1,95 m, den schätzungsweise 110 Kilo und Händen so groß wie Tennisschläger, würde er wirklich jeden umhauen, erst recht den ausgemergelten Ed. Aber sie wollte Doozer auf keinen Fall mit in die Angelegenheit hineinziehen. Trotzdem war es beruhigend zu wissen, dass er da war und sie jederzeit mit ihm rechnen konnte.

"Oh, du h-h-hast Besuch", entfuhr es Doozer als er in das Wohnzimmer blickte. "I-i-ich wollt auch nur mal s-s-sehen, wie es dir g-geht."

"Komm endlich rein", forderte Alex ihn auf. Sie fand Doozer war einfach nur süß. Erst recht, wenn er verlegen wurde und zu stottern anfing. "Das ist Bonnie."

"H-hi Bonnie."

"Hi. Ich bin Bonnie."

"J-ja. Ich weiß."

Alex stand im Türrahmen und beobachtete die beiden für einen kurzen Moment. Bonnies Gesichtsfarbe hatte mittlerweile einen kräftigen Rotton angenommen, während Doozer wie angewurzelt im Zimmer stand und nervös mit seinen Händen spielte.

"Doozer, setz dich doch."

"N-nee. Ich muss wieder zur Arbeit. Der Ch-Chef macht sonst Stress. Du kennst ihn ja."

Alex wusste nur zu gut, wie schnell ihr Chef auf die Palme zu bringen war. Durch Luftholen verdoppelte er zunächst sein Körpervolumen, bevor er wie ein Blasebalg alle nur erdenklichen Schimpfwörter rausblies. Doozer hatte es sich daher zur Gewohnheit gemacht, ihm bei solchen Gelegenheiten den Rücken zuzudrehen und an irgendwas rumzuschrauben. Er tat einfach so, als wäre er taub und könnte gar nichts hören. Dies veranlasste den Chef dann regelmäßig, sich ein neues Opfer zu suchen.

"Ach Doozer. Nimmst du noch meine Sporttasche mit auf die Arbeit und stellst sie auf meinen Spind. Dann muss ich sie nicht auf dem Fahrrad mitnehmen."

"K-Klar."

Nachdem Doozer gegangen war griff Alex zum Telefon und ließ sich von der Auskunft die Nummer der Firma "KreaDesign" geben. Den Namen hatte sie von der Visitenkarte abgelesen, welche Susanne auf den Küchentisch gelegt hatte.

"Alex Koschinski hier", meldete sie sich. In kurzen Sätzen erzählte sie Susanne, was am Morgen geschehen war. Nach einem Moment des Zuhörens äußerte sie "O.k." und legte den Telefonhörer auf.

7

Ed drehte die Visitenkarte, welche er auf Bonnies Küchentisch gefunden hatte, in seiner Hand. In grüner Schrift gab sie die Anschrift der

Firma KreaDesign
Innovative Ideen für Werbe- und Marketingstrategien
Inhaberin: Susanne von Stetten
Kurt-Schumacher-Platz 5, 20164 Hamburg

wieder. Vor dieser Adresse befand er sich jetzt. Die Firma war in einem mit dunklen Scheiben verglasten mehrstöckigem Gebäudekomplex untergebracht. Die doppelflügelige Eingangstür erreichte man über einen großen gepflasterten Platz, welcher an den Ecken durch abstrakte Eisenkunstwerke eingefasst war. Die Mitte des Platzes zierte ein oval angelegter Springbrunnen. Zwei metallene Delphine, begleitet von einer Wasserphontäne, schienen aus dem Becken zu springen.

Am Kiosk kaufte Ed eine Tageszeitung und setzte sich auf eine der Banken. Von diesem Platz aus hatte er einen guten Überblick über den Haupteingang. Jetzt, zur Mittagszeit hin, passierten eine Vielzahl von Personen den Eingang. Er musste sich sehr konzentrieren, Frau von Stetten nicht zu verpassen. Schließlich hatte er sie nur einmal kurz gesehen, als er ihr vom Hausflur zu ihrem Auto nachgegangen war.

Nach wenigen Minuten hatte er Glück. In dem dezenten lindgrünen Kostüm war sie ihm zunächst gar nicht aufgefallen. Erst als sie sich schon in der Mitte des Platzes befand, erkannte er sie wieder. Ihre schulterlangen Haare hatte sie im Nacken hochgesteckt.

Ed wusste nicht, wohin ihn seine kleine Observation führen sollte und ob sie ihm überhaupt weiterhalf. Er hoffte jedoch, dass diese Frau ihn irgendwie wieder zu Bonnie und der anderen Blondine führen würde. In diesem Fall könnte er so sein Bild zurückholen.

Rätselhaft war ihm allerdings immer noch, woher Bonnie diese Frau kannte. Sie passte weder von ihrem Äußeren noch von ihrem Umfeld zu Bonnie.

Ed folgte der Frau in einiger Entfernung über den Platz. Da sie ihn noch nie gesehen hatte, brauchte er sich nicht darum zu Sorgen, erkannt zu werden. Die Schnitzeljagd führte ihn als erstes zum Juwelier, wo sie den Verschluss ihrer Perlenkette in Reparatur gab. Anschließend folgte er ihr in ein kleines Restaurant, wo sie sich ein Krabbencocktail zum Mittag bestellte. Ed setzte sich ebenfalls in das Restaurant und bestellte sich eine Pasta. Gelangweilt beobachtete er, wie sie nach dem Essen noch einen Espresso bestellte und einige Geschäftsunterlagen durchsah. Nachdem der Ober ihr das Wechselgeld zurückgegeben hatte, verließ sie das Restaurant und ging zurück in Richtung Bürohaus. Lustlos folgte ihr Ed in dem Glauben, nichts erreicht zu haben. Kurz bevor sie jedoch den Vorplatz mit dem Springbrunnen erreichte, bog sie in eine kleine Nebenstraße ein. Eds Interesse wurde schlagartig geweckt, als er das Schild der Galerie "da Vinci" sah. Eilig überquerte er die Straße und folgte ihr in die Galerie.

Die Türglocke über dem Eingang kündigt einen Kunden an. Ed schien ziellos durch die Galerie zu laufen und blieb vor dem einen oder anderen Gemälde stehen und betrachtete es aufmerksam. In Wirklichkeit war seine Konzentration jedoch auf seine Zielperson gerichtet. Diese war mit einer herzlichen Umarmung von dem Galeristen empfangen worden. Nachdem einige Komplimente ausgetauscht wurden, erklärte Susanne den Grund ihres Besuches. Sie beschrieb ihm detailliert das Bild, welches sie in Bonnies Küche gesehen hatte. Nachdem der Galerist ihr stillschweigend zugehört hatte, ging er hinter die Ladentheke und holte ein in Leder eingefasstes übergroßes Buch hervor. Hierin begann er zu blättern und deutete schließlich mit der Hand auf eine Seite des Buches.

"Ja, das ist es", bestätigte Susanne. "Was kannst du mir über das Bild sagen?"

"Nun, das Bild 'Ein Ritter im Kampf' wurde von einem gewissen Gerard Dou in der Mitte des 16. Jahrhunderts gemalt. Dou war einer der Zöglinge von Rembrandt. Seine Werke sind unter Kunstliebhabern sehr beliebt. Meines Wissens nach befindet sich dieses Gemälde im Privatbesitz eines holländischen Reeders. Sein Wert wird derzeit auf 1,5 Millionen DM geschätzt."

Ed konnte kaum glauben, was er soeben gehört hatte. Fassungslos stand er da und stammelte leise "anderthalb Millionen Mark" vor sich hin.

Der weiteren Unterhaltung konnte Ed nicht mehr beiwohnen. Als er sah, dass Bonnie und Alex die Galerie betraten, zog er sich schnell in die hinteren Räumlichkeiten zurück. Von dort aus konnte er beobachten, wie beide in das Buch schauten und dann einvernehmlich mit dem Kopf nickten. Als er von der Frau in der schwarzen Lederjacke ein anerkennendes Pfeifen hörte, wusste er, dass auch sie soeben den Wert des Bildes erfahren hatte.

Ed hatte genug gehört. Vor allem war ihm jetzt klar, warum der Fettsack mit den roten Haaren das Bild unbedingt zurück haben wollte. Bei dem

Gedanken an die Begegnung mit ihm und Eisenzange lief ihm ein eiskalter Schauer den Rücken herunter. Viel Zeit blieb ihm nicht mehr, um das Bild heranzuschaffen.

Er musste also erst einmal herausfinden, wer die Dritte der drei Frauen war. Schließlich hatte sie das Bild mitgenommen. Es musste also noch bei ihr sein.

Ed wartete draußen, bis die Frauen wenige Minuten später die Galerie verließen. Nach einem kurzen Gespräch trennten sie sich. Susanne ging zum Büro zurück und Bonnie setzte sich in ihren Wagen und fuhr davon.

Ed heftete sich also an Alex' Fersen. Von einer nahegelegenen Busstation ging die Fahrt stadtauswärts bis zur Haltestelle Grimpingstraße. Hier stieg sie aus und ging zu Fuß die Straße hoch. In Höhe der Grundschule hockte sie sich auf einen Stromkasten und holte Tabak und Blättchen heraus. Flink hatten ihre Finger – sie steckten in Handschuhen mit abgeschnittenen Fingern – eine Zigarette gedreht. Schnell wurde der Zigarettenqualm von der frischen Herbstluft davon geweht.

Kurz nachdem die Schulglocke ertönte flog die Tür auf und eine Horde Kinder stürmte laut schreiend ins Freie. Eines von ihnen, ein zierlicher Junge mit brauner Pilzkopffrisur, Sommersprossen im Gesicht und einem scheinbar viel zu großen Tornister, kam lachend und mit ausgestreckten Armen auf Alex zugelaufen. Alex hob ihn hoch in die Luft und mit freudigem Jauchzen drehten sie sich, bis ihnen schwindlig wurde. Als Alex ihn auf den Boden absetzte kniete sie sich zu ihm hinunter und drückte ihn ganz fest an sich. Ein dicker Kuss landete auf seiner Wange.

"Na, wie geht es meinem kleinen Äffchen?"

"Alles okey dokey, Mama. Wir hatten heute nur Sport und Kunst. Die anderen Stunden sind ausgefallen."

"So, dann bist du ja noch fit genug, für ..."

"Für was. Nun sag schon." Mit vor Neugier weit aufgerissenen Augen zappelte Jonathan vor Alex herum und wartete auf ihre Antwort.

"Für einen Besuch bei Wamboo!"

"Au, ja. Wir fahren mit dem Zug und besuchen Wamboo und seine Familie. Michael ist bestimmt auch da."

Liebevoll schaute Alex in das strahlende Kindergesicht. Sein Lachen entblößte seine weißen Milchzähne und seine großen dunkelbraunen Augen funkelten vor Freude. Sie stand auf und schulterte seinen Tornister.

"Also los geht's."

Im Zug hatten sie ein ganzes Abteil für sich alleine. Alex war so mit

Herumalbern beschäftigt, dass sie Ed auch dann nicht wahrgenommen hätte, wenn er sich zu ihnen ins Abteil gesetzt hätte. Viel zu selten hatte sie Gelegenheit, so ausgelassen mit ihrem Sohn zu toben. Alex hockte mit ihren Füßen auf dem Sitz und kratze sich umständlich unter den Armen oder hinter ihrem linken Ohr. Jonathan baumelte am Gepäcknetz und imitierte laut grunzend einen Affen.

Ein ähnliches Verhalten wurde ihnen dann auch von Wamboo und seiner Familie geboten. Mit seinen schwarz glänzenden Augen verfolgte der Schimpanse durch die Gitterstäbe jede Bewegung von Jonathan. Insbesondere deswegen, weil er zusammen mit Michael vorsichtig Obst in seine langen Hände legte. Durch die häufigen Besuche hatte sich Jonathan mit dem Pfleger angefreundet. Er und Michael fütterten dann immer gemeinsam die Affen.

Die Zeit ging viel zu schnell vorbei. Als sie das Zoogelände verließen, begann es schon zu dämmern. Vollgestopft mit Pommes, Cola und Süßigkeiten machten sie sich auf den Heimweg. Alex hatte Jonathans Vater versprochen, dass er bei Anbruch der Dunkelheit wieder zu hause war.

Wie immer fiel es ihr schwer, sich von Jonathan zu verabschieden und wie immer versuchte sie sich nichts anmerken zu lassen. Dennoch konnte sie nicht verhindern, dass der Kloß in ihrem Hals immer größer wurde, je näher sie der Wohnung kamen. Als Alex ihren kleinen Sonnenschein zum Abschied umarmte, kämpfte sie mal wieder gegen ihre Tränen an.

Auf der Rückfahrt setzte Alex sich ganz nach hinten in den Bus und starrte aus dem Fenster. Die Leute auf der Straße liefen mit schnellen Schritten durch den dunklen verregneten Abend.

Alex ließ die Tür hinter sich ins Schloss und ihre Jacke auf den Fußboden fallen. Außer ranziger Butter und ein paar Scheiben Salami – welche sich an den Enden bereits hochbogen, wies der Kühlschrank nur noch drei Dosen Bier auf. Mit einem erfrischenden Zischen öffnete sie eine Dose und leerte sie in einem Zug bis zur Hälfte. Alex legte eine Guns-n´-Roses-CD ein, drehte den Lautstärkeregler bis zum Anschlag und ließ sich auf das Sofa fallen. Mit geschlossenen Augen hing sie in Gedanken den Ereignissen des Tages nach. Sie dachte an das Gespräch mit Bonnie in ihrer Küche, an den plötzlich auftauchenden Ed, an das Bild und vor allem an Jonathan. Sie genoss es so sehr, wenn sie mit ihm zusammen sein konnte. Schon Tage vorher freute sie sich auf den Nachmittag, den sie mit ihrem "kleinen Äffchen" verbringen durfte. Doch 14 Tage waren immer eine lange Zeit. Und nach den Nachmittagen mit Jonathan ging es ihr immer besonders schlecht.

Immer wenn sie in ihre kleine verlassene Wohnung zurückkehrte, sehnte sie sich nach einem Familienleben. Sie sehnte sich nach Jonathan, wie er sich liebevoll an sie kuschelte oder ihr stürmisch in die Arme gelaufen kam oder sie mit allerlei Fragen löcherte. Wäre er jetzt bei ihr, würden sie einige Szenen aus "Krieg der Sterne" nachspielen oder auf dem Fußboden käbbeln. Sein süßes Kinderlachen würde den Raum erfüllen. Sein freudiges Gequieke war es, was ihr am meisten fehlte. Ein Gequieke so sorgenlos und so niedlich, wie es nur aus einem Kindermund stammen kann.

Alex dachte an die kommende Woche, an ihre Arbeit in der Autowerkstatt, den gelegentlichen Saufgelagen mit Doozer und bei paar Kumpel in "Karls Pinte" und an die Abende vor der Glotze. Immer wieder der gleiche Tagesablauf.

Um ihrer Niedergeschlagenheit ein Ende zu bereiten, beabsichtigte sie Doozer aufzusuchen und zu einem Bier einzuladen. Als sie mit einem Ruck aufstand um sich auf den Weg zu machen, bemerkte sie Ed. Mit hängenden Armen stand er im Türrahmen und starrte sie an. Nach einem kurzen Moment der Überraschung, verspürte Alex sofort Hass und Wut in sich aufkeimen. Ohne weiter darüber nachzudenken, kam sie ihrem Verlangen nach ihn anzugreifen. Mit einem lauten Schrei stürmte sie auf ihn zu.

Was sie jedoch nicht bemerkt hatte, war der Revolver, den Ed in seiner Hand hielt. Erst als sie auf ihn zustürmte, sah sie die Waffe in seiner Hand, sah, wie sich sein Arm hob und in Brusthöhe stehen blieb. Wie eingefroren prägte sich ihr diese Situation ein. Sie sah nicht nur den Revolver, sondern sie erfasste kurioserweise auch, dass Ed die Haustür hinter sich geschlossen hatte und dass seine braune Lederjacke an der linken Schulter einen großen Fleck aufwies. Und sie sah auch sein Gesicht. Regungslos, die Augen kalt. Das einzige was sich in diesem Bild bewegte, war das nach hinten gleiten des Spannhahns am Revolver. Die Trommel des Revolvers drehte sich, als der Spannhahn von seiner Ausholbewegung wieder nach vorne schnellte. An den Seiten traten kleine blau-graue Wolke heraus, begleitet von einer verlöschenden Flamme. Ähnlich einem kleinen Gewitter, welches Unheil ankündigt.

Der laute Knall riss sie abrupt aus dem eingefrorenen Bild und stoppte jäh ihren Angriff. Ihre linke Körperseite wurde plötzlich zurückgerissen und brachte sie aus dem Gleichgewicht. Hart schlug sie auf dem Boden auf.

Ungläubig blickte Alex auf den roten Fleck unterhalb ihrer linken Brust, welcher sich in Sekundenschnelle ausbreitete. Automatisch presste sie ihre Hand auf die blutende Stelle und wartete auf den Schmerz. Doch sie spürte keinen Schmerz. Das einzige was sie fühlte, was das warme Blut, das durch ihre Finger hindurch auf den Holzboden tropfte.

Langsam hob sie den Kopf und sah zu Ed hoch. Langsam ließ er den Revolver sinken. Alex war unfähig einen klaren Gedanken zu fassen. Sie spürte nur die Wärme, die schnell ihren ganzen Körper ergriff, so als würde ihr Blut erhitzt. Die laute Musik nahm sie nur noch gedämpft wahr. Dafür hörte sie ihr Herz um so lauter schlagen. Poch, poch. Poch, poch. Das pochende Geräusch wurde immer lauter und lauter, übertönte alles. Ihr Kopf sank zu Boden und ihr Blick blieb auf Eds Stiefeln haften. Doch auch dieses Bild verschwand. Dunkelheit überkam sie.

8

Bonnies Herz klopfte, als sie ihre Wohnungstür aufschloss. Sie rechnete zwar nicht, dass sich Ed immer noch in der Wohnung befand, dennoch hatte sie ein mulmiges Gefühl, als sie ihre eigene Wohnung betrat. Vorsichtig lugte sie in alle Zimmer und schaute zur Sicherheit auch noch in den Schränken und unter dem Bett nach. Kein Ed weit und breit. Entwarnung! Da sie aber wusste, dass Ed immer noch einen Schlüssel zur Wohnung besaß, schloss sie von innen ab und ließ den Schlüssel stecken.

Jetzt erst konnte sie sich entspannen und ihre angespannten Nerven zur Ruhe kommen lassen. Ihre eigenen vier Wände verhalfen ihr immer dazu, wieder Kraft zu bekommen. Die Wohnung war so etwas wie eine Lade-station für Batterien. Und ihre Akkus waren im Moment ziemlich leer.

Heiß dampfte der Tee vor sich hin. Im Hintergrund lief leise eine Kuschelrock-CD. Bonnie lag, in eine Wolldecke eingekuschelt, auf der Couch und begann zu träumen. In ihrer Fantasie stellte sie sich vor wie es wäre, wenn *ihr* Kind zur Welt kommt. Mit lautem Schreien als Ausdruck des Protestes, den wärmenden und Schutz bietenden Bau der Mutter verlassen zu müssen, erblickt das kleine Geschöpf das Licht der Welt. Das Neonlicht ist grell und brennt in seinen kleinen Augen. Die Geräusche sind laut und so nah. Hände tragen ihn. Erst umspielt kühle Luft, dann warmes Wasser seinen Körper. Als er wieder hingelegt wird, ist es wieder ein wenig so wie in seinem Bau. Er spürt die Wärme, spürt das regelmäßige Pochen, spürt die Liebe. Die Geräusche und das grelle Licht gehen in diesem Gefühl der Geborgenheit unter. Ihr Kind auf ihrer Brust ist eingeschlafen. Ein Moment voller Glück und vollkommener Zufriedenheit, wie er schöner nicht sein kann. Ein Gefühl, dass man speichern und immer bei sich tragen wird. Das Blitzlicht des Fotoapparates leuchtet auf. Der stolze Vater will dieses Ereignis für immer bildlich festhalten. Als er die Kamera wieder herunter-sinken lässt, erscheint Eds Gesicht. Jäh ist der Traum beendet.

Ein Traum, zerplatzt wie eine Seifenblase, wie so viele andere Träume zuvor auch. Wie oft und in wie viel Variationen hatte sie sich vorgestellt, Ed mit ihrer Schwangerschaft zu überraschen. Und Eds Reaktion war immer die gleiche. Jauchzend und überglücklich nimmt er sie in die Arme. Dann hebt er sie hoch in die Luft und im nächsten Moment setzt er sie, besorgt um ihr Wohlergehen, behutsam auf den Boden. Er küsst und liebkost sie. Er verwöhnt sie und liest ihr künftig jeden Wunsch von den Augen ab. Das Kinderzimmer in ihrem neu erstandenen kleinen Häuschen am Rande der

Stadt richtet er mit so viel Liebe ein. Kleine Teddybären lächeln von den Wänden. Stofftiere liegen schon zu Hauff bereit und warten darauf, gestreichelt und geknuddelt zu werden. Ein Mobile hängt am Kinderbettchen. Sanfte Töne entspringen der Spieluhr. Ihre Hochzeit in Weiß war traumhaft.

Bonnies Gedanken reisten in die Zukunft. Sie dachte daran, ein Kind zu haben, welches nicht mit Liebe gezeugt wurde. Ein Kind, dessen Vater es nicht haben will und sie arbeitslos und verschuldet war. War es richtig, ein Kind in einer so erfolgsorientierten und egoistisch geprägten Welt zu setzen? Was konnte sie ihrem Kind bieten? Würde ihre Liebe zu diesem kleinen Geschöpf ausreichen, um es vor alle dem Schlechten zu bewahren. Konnte sie es überhaupt lieben?

Bonnies Karussell der Gedanken kreiste wild durcheinander, bis sie schließlich die Müdigkeit übermannte und sie auf der Couch einschlief.

Als Ed nach Hause kam, war es schon lange Dunkel. Er stellte den Mietwagen im Hinterhof ab und öffnete den Kofferraum. Als erstes musste er den blutbesudelten Duschvorhang entsorgen. Den Vorhang hatte er als Unterlage für den Kofferraum genommen, um keine Spuren zu hinterlassen. Das bewahrte ihn zumindest schon einmal vor neugierigen Fragen seitens der Autoverleihfirma.

Er knubbelte den Duschvorhang zusammen und presste ihn in einen leeren Farbeimer, welchen er aus dem großen Abfallcontainer gefischt hatte. Zum Glück hielt in diesem Haus niemand etwas vom Recyceln, so dass er den Farbeimer unbesorgt in den Container zurückwerfen konnte.

Ed war froh, dass ihn im dunklen Hinterhof niemand sehen konnte, denn auch sein Hemd wies große Blutflecken auf. Als er Alex in den Wagen heruntergetragen und in den Kofferraum gelegt hatte, war Blut aus ihrer Wunde gesickert und hatte sein Hemd verschmutzt.

Über die Treppe an der Rückseite des Hauses gelangte er in den Waschkeller. Der Raum war eisig und klamm. Die verdreckte Lampe an der Wand tauchte den Raum in ein halbdunkles Licht. Ed zog sich das Hemd über den Kopf und warf es in die Waschmaschine. Über das Waschbecken gebeugt, spülte er das auf seiner Brust getrocknete Blut ab und hielt seinen Kopf unter das eisige Wasser. Als er seine Haare mit einem Handtuch trocken schubberte, löste sich plötzlich ein Schatten aus der Ecke des Raumes und blieb in der Eingangstür stehen. Nur schemenhaft konnte Ed die Gesichtszüge erkennen, dennoch wusste er sofort, dass es Eisenzange war. Das dämmerige Licht des Treppenflurs schien von hinten auf seinen großen massigen Körper. Bedrohlich wirkte seine Silhouette, die nahezu den gesamten Türrahmen ausfüllte. Eine Gänsehaut, nicht nur durch die Kälte hervorgerufen, überzog seinen Körper und ließ seine wenigen Haare auf der Brust abstehen. Langsam ließ er das Handtuch vom Kopf auf seine Schulter gleiten und ballte die Fäuste. Ganz wehrlos wollte er sich nicht ergeben.

Wie erstarrt standen sie sich gegenüber und fixierten sich mehrere Sekunden lang mit ihren Blicken. Eds Worte durchbrachen die Totenstille.

"Die Zeit ist doch noch nicht abgelaufen." Seine Stimme zitterte ebenso wie sein Körper. "Ihr bekommt das Bild, aber ich brauche weitere zwei oder drei Tage."

Eisenzange erwiderte nichts. Noch immer stand er bewegungslos wie ein totbringendes schwarzes Schattenmonster im Türrahmen. Dann veränderte sich seine Silhouette. Langsam wandte er sich ab und ging, ohne Ed dabei aus den Augen zu lassen. Über die Treppe zur Haustür hoch und verschwand genauso leise, wie er aufgetaucht war.

Voller Erleichterung ließ Ed die geballten Fäuste sinken und atmete tief durch. Er fragte sich, wie lange Eisenzange ihn schon beobachtete und was er alles gesehen hatte.

Ed stellte die Waschmaschine an und ging er mit zitternden Knien in seine Wohnung.

10

Alex fühlte sich wie in einem schwerelosen Raum. Sie spürte die Leichtig-
keit ihres Körpers. Sie genoss dieses Gefühl der völligen Entspannung,
sowohl der körperlichen als auch der geistigen. Zeit schien keine Rolle zu
spielen. Sie konnte auch nicht einschätzen, wie lange sie schon in diesem
halbwachen Zustand verweilte.

Ein Kälteschauer durchfuhr ihren Körper und brachte sie langsam in die
Gegenwart zurück, in das Jetzt und Hier. Leichtes Zittern machte sich breit.
Sie traute sich nicht, ihre Augen zu öffnen. Die Dunkelheit, die sie umhüllte,
bot ihr Schutz.

Die Augen zu öffnen bedeutete, dass Licht sie blenden würde und mit dem
Licht würden auch die Gedanken und die Erinnerungen kommen.

Sie wusste nicht, wie lange die Dunkelheit schon ihren Mantel um sie gelegt
hatte. Ihr kam es vor, als wären Jahre vergangen, aber vermutlich waren es
nur wenige Stunden. Sie weigerte sich, sich zu erinnern. Zumindest
versuchte sie es. Krampfhaft hielt sie die Augen geschlossen. Doch jedes
Mal, wenn ein Kälteschauer ihren Körper durchlief, spürte sie den Schmerz.
Sie spürte, wie der Schmerz mit der Heftigkeit des Zitterns zunahm und sich
dann, wie eine eisige Welle, über ihren Körper ausbreitete und langsam
wieder erstarb. Alex verharrte einige Minuten, doch die Kälte zog immer
mehr in ihrem Körper ein und ließ immer häufiger und immer stärker eine
Welle des Schmerzes frei.

Alex lag auf dem Rücken. Schließlich öffnete sie langsam ihre Augen. Nur
ein schwaches Licht erfüllte den kargen Raum. Die Decke konnte sie auf
Grund des kargen Lichtes nur schemenhaft erahnen. Sie schien außerge-
wöhnlich hoch zu sein. Kreuz und quer verlaufende hauchdünne Seidenfä-
den liefen zwischen Decke und Wand entlang und zeugten von fleißigen
Spinnen.

Wieder überkam sie eine dieser unangenehmen eisigen Wellen. Sie wusste
nicht, was schlimmer war, die Kälte oder die Schmerzen. Alex wartete, bis
beides nachließ. Langsam drehte sie ihren Kopf nach links. Das spärliche
Licht ging von einer kleinen Petroleumlampe aus, welche zwischen zwei
Pfeilern auf dem Steinfußboden stand. Der klägliche Schein erhellte nur die
unmittelbare Umgebung. Die Ränder des Raumes blieben in der Dunkelheit
verborgen. Eine Dunkelheit, die ihr Angst machte. Es war nicht diese
schützende Dunkelheit aus ihrem Schlaf. Diese Dunkelheit hatte etwas
Gefährliches. Sie war wirklich.

Es war ruhig. Alex hörte nur ihr eigenes Atmen. Wieder ergriff ein Zittern ihren Körper. Immer länger hielt das Zittern an und immer kürzer wurden die Phasen, in denen sich ihre Muskel wieder entspannen konnten.

Die Schmerzen ebbten nicht ab. Der Versuch sich zu bewegen, scheiterte schon bei der geringsten Muskelanspannung. Die Schmerzen waren zu groß, um auch nur die Hand zu heben. Bewegungsunfähig lag sie einfach nur da.

Der Mantel der Dunkelheit begann, sie erneut zuzudecken. Alex war dankbar. Nahm er ihr doch ihre Schmerzen und vor allem ihre Angst.

Die Zeit hatte sich mit der Dunkelheit gepaart. Als Alex erwachte, war die Dunkelheit immer noch vorhanden. Sie hatte jegliches Zeitgefühl verloren, wusste nicht, ob es Tag oder Nacht war. Sie lag auf einer alten Matratze auf dem Boden. An der Wand zu ihrer rechten Seite war teilweise der Putz heruntergefallen, so dass an diesen Stellen das Mauerwerk zu erkennen war. Im oberen Teil der Wand befand sich ein Oberlicht. Das Fensterglas war mit Farbe überstrichen worden und sperrte so das Tageslicht aus. Ein weiteres Oberlicht glaubte sie am anderen Ende der Wand sehen zu können. Die gegenüberliegende Seite des Raumes konnte sie wegen der Dunkelheit nur schemenhaft erkennen. Einige längliche Holzkisten waren neben der Eingangstür gestapelt. Alex verharrte einige Minuten und versuchte ihre Gedanken zu ordnen. Der Nebel, welcher über ihre Erinnerungen lag, löste sich langsam auf. Die Tage vor der Dunkelheit lagen nun klar vor ihr. Und sie erinnerte sich auch an die eisigen Schauer und die Schmerzen. Jetzt war ihr nicht mehr kalt. Vorsichtig hob sie ihren Kopf einige Zentimeter an und schaute an sich herunter. Eine alte mit Flicken versehene Decke lag auf ihrem Körper und spendete ihr Wärme. Als sie mit ihrer rechten Hand nach ihrer Wunde fühlen wollte, bemerkte sie den kalten Stahl, welcher ihr Handgelenk umschloss. Das andere Ende der Handschelle war an einen runden Eisenring befestigt, welcher im Mauerwerk eingefasst war.

Der Versuch sich aufzurichten, wurde durch einen stechenden Schmerz jäh unterbrochen. Vorsichtig schob sie mit der linken Hand die Decke zur Seite. Sie fühlte das angetrocknete Blut auf ihrem Sweatshirt. Sie zog das Shirt, welches an der Wunde klebte, langsam ab und richtete erneut ihren Kopf auf. Eine handbreit unter ihrer Brust konnte sie eine ca. 10 cm lange Wunde erkennen. Zum größten Teil hatte sich bereits eine Blutkruste gebildet. Nur an einer Stelle sickerte langsam das Blut nach und sammelte sich auf der Matratze, wo es einen großen roten Fleck hinterließ. Alex fühlte, wie die Übelkeit in ihr aufstieg und ließ den Kopf langsam wieder auf die Matratze sinken. Einen Moment lang schien Panik sie zu überwältigen. Ihr Herz begann in einem wilden Technobeat zu schlagen. In schnellen, kurzen Atemzüge sog sie die muffige Luft scharf in ihre Lunge. Schweißperlen bildeten sich auf ihrer Stirn.

"Jetzt nur nicht durchdrehen", flüsterte sie vor sich hin. Ihre ganze Konzentration richtete sie auf eine flache und gleichmäßige Atmung. Nach wenigen Minuten hatte sie zu ihrem normalen Atemrhythmus zurückgefunden. Sie deckte die Wunde wieder zu und begann ihre Gedanken und Gefühle zu sortieren. So, als ob sie jemandem die Ereignisse der letzten Tage erzählte, fasste sie die Fakten zusammen. Schließlich kam sie zu dem Ergebnis, dass sie nur zur falschen Zeit am falschen Ort war und so die Sache ihren Lauf genommen hatte. Auch rückblickend betrachtet, hätte sie sich nicht anders verhalten wollen. Sicher, dass Ed mit dem Revolver auf sie geschossen hat, hätte sie schon zu umgehen versucht, wenn sie das nur geahnt hätte.

Nun lag sie hier in einem kalten Raum, angekettet wie ein Hund an einer zu kurzen Leine. Ihre Schusswunde schmerzte bei jeder Bewegung. Sie machte sich Glauben, dass es *nur* eine Fleischwunde war. Ihre Möglichkeiten, in den nächsten Stunden, Tagen aktiv tätig zu werden, waren somit gleich null. Das einzige was sie jetzt machen konnte, war abzuwarten. Geduld war noch nie ihre Stärke gewesen. Jetzt wurde sie ihr aufgezwungen. Dies wurde ihr immer dann besonders deutlich, wenn der Puls wieder rasant anstieg, ihr Herz pumpte und ihr Atem schneller ging. Auf diesem Weg bergauf zur Panikattacke wurden ihre Gedanken immer wirrer und schließlich von den immer stärker werdenden Gefühlen überlagert. Gefühlen, die sie mit Bilder der vergangenen Tage assoziierte. Wie in einem schlecht zusammengeschnittenen Fernsehfilm sah sie die Szenen, die sich im Kaufhaus, in Bonnies Wohnung oder in der Galerie abgespielt hatten. Sie sah die Gesichter von Susanne, Bonnie und Ed. Und vor allem sah sie Jonathan. Sie bildete sich ein, den süßlichen Geruch seiner Haut zu riechen und seine kleine Hand in ihrer Hand zu spüren. Die Erinnerung an ihren Sohn brachte sie fast um den Verstand. Insbesondere dann, wenn sich die Erinnerungen aus der Vergangenheit mit der Wirklichkeit vermischten und sie die Handfessel an ihrer Hand und den kalten Raum, ihren Zwinger, erblickte. Nunmehr ergriffen von einer unsagbaren Verzweiflung und der Angst, ihren Sohn nie wieder in die Arme nehmen zu können, ließen sie Phantomschmerzen in ihrer linken Brust verspüren, gleich einem zerbrechenden Herz. Und vor allem spürte sie ihre Hilflosigkeit. Nie zuvor hatte sie sich in einer ähnlichen Lage befunden. Als praktisch veranlagter Mensch hatte sie stets sehr viel Wert auf Selbständigkeit und Unabhängigkeit gelegt. Es hatte ihr schon immer missfallen, auf die Hilfe anderer Leute angewiesen zu sein. Als sich Alex ihre Hilflosigkeit selbst vor Augen geführt hatte, wurde ihre Angst noch verstärkt. Denn jetzt blieb ihr nichts anderes übrig, als fremde Hilfe anzunehmen und was noch viel schlimmer war, auf fremde Hilfe zu hoffen. Dieses Abhängigkeitsgefühl ließ Wut in ihr aufkommen, und das war auch gut so. Denn die Wut nahm ihr einen Teil ihrer Verzweiflung und ihrer Angst. Sie führte dazu, dass ihr Wille zum Kämpfen neu entfachte und brachte sie dazu, sich nicht von ihren Angstgefühlen übermannen zu lassen. Bewusst konzentrierte sie sich daher wieder auf eine ruhige und regelmäßige Atmung. Das Geduldsspiel begann von neuem.

11

Als Bonnie am nächsten Morgen erwachte, fiel ihr als erstes das Bild ein. Wo hatte Ed das Bild her? Auf legalem Weg hatte er es wohl kaum erworben. Also musste es irgendwie durch Betrug oder Diebstahl in seine Hände gelangt sein. Bonnie stellte sich die Frage, ob der eigentliche Inhaber des Bildes wusste, dass Ed das Bild an sich genommen hat. Dies könnte sein Auftreten am gestrigen Tag erklären und auch, dass er einen Revolver dabei hatte. Andererseits waren 1,5 Millionen unsagbar viel Geld. Der Ed, den sie in den letzten Tagen kennen gelernt hatte, würde wahrscheinlich dem Teufel seine Seele verkaufen, um an das Bild zu gelangen. Jeder, der mit diesem Bild zu tun hatte, lebte gefährlich. Sofort fiel ihr Alex ein. Ed kannte sie zum Glück nicht und konnte so auch nicht wissen, wo sie wohnte. Trotzdem wollte sie Alex warnen. Es war besser, das Bild irgendwo im Banksafe zu deponieren. Zumindest so lange, bis der ursprüngliche, rechtmäßige Besitzer auftauchte. Vielleicht konnte man auch die Polizei um Hilfe bitten, aber das sollten die anderen mit einscheiden.

Ein Blick auf die Uhr sagte ihr, dass es 08.30 Uhr und Alex somit wahrscheinlich bei der Arbeit war. Im Branchenbuch fand sie schnell die Rufnummer von Theo´s Reparaturwerkstatt.

"Theo´s Reparaturwerkstatt. Was kann ich für sie tun?"

"Guten Morgen. Mein Name ist Bonnie Speiler. Und ich hätte gerne Alex gesprochen, wenn das möglich ist."

"H-hi Bonnie. Hier ist Doozer."

"Ooh, hallo Doozer. Ich habe dich gar nicht an deiner Stimme erkannt."

"Das macht doch n-n-nichts. Aber die Alex ist nicht da. Die ist heute nicht gekommen. V-vielleicht ist sie noch krank."

"Ooh. Ja dann werde ich wohl besser mal bei ihr zuhause vorbei fahren und sehen wie es ihr geht."

"O - OK. Und gute Besserung. I-ich meine für Alex."

"Ja, ich werde es ihr ausrichten. – Tschüß dann."

"Ja, tschüß."

Als Bonnie den Telefonhörer auflegte, hatte sie immer noch Doozers Bild vor Augen, wie er mitten in Alex Wohnzimmer stand und sie anstarrte. Irgendwie süß."

Nach der Arbeit im Buchladen fuhr Bonnie zu Alexs Wohnung. Sie war ein wenig beunruhigt, da sie Alex weder zuhause noch in der Werkstatt hatte erreichen können.

Langsam schlängelte sie sich durch den dichten Feierabendverkehr. Als sie endlich ankam, war es schon dunkel. Noch immer regnete es. Im Zick-Zack-Kurs wich Bonnie den Pfützen aus. Über eine schmale Zufahrt gelangte sie schließlich auf den Hinterhof. Da die Haustür lediglich angelehnt war, ging sie ohne sich weiter anzukündigen, sofort die Treppe nach oben. Laut klopfte sie mehrfach an die Tür. Als sie sich schon zum Gehen wandte, bemerkte sie einen schmalen Lichtspalt längst der Tür. Offenbar war die Tür nicht richtig ins Schloss gezogen worden. Mit leichtem Druck, gab diese schließlich nach und schwenkte auf. Durch den Flur hindurch konnte Bonnie einen Teil des Schlafzimmers und einen Teil des Wohnzimmers einsehen. In allen Räumen brannte Licht. Die Jalousien waren heruntergelassen.

"Alex, bist du da?" – Pause – "Alex?"

Offensichtlich schien sie nicht zuhause zu sein. Bonnie betrat forschend den Flur. Eine grobe Durchsicht der Räume bestätigte ihr die Annahme, dass Alex nicht da war. Sie beschloss, noch ein paar Minuten zu verweilen und zu warten.

Irgendwie erschien ihr die Wohnung noch chaotischer, als am Vortrag. Auch die Blumen waren vollkommen vertrocknet.

Gierig saugte die Blumenerde das Wasser auf. Danach begann Bonnie, die leeren Bierdosen einzusammeln und in Plastiktüten zu verstauen. Die überall im Zimmer herumliegende Kleidung stapelte Bonnie im Sessel. Neben Jeanshosen und Sweatshirts fand sie auch zusammengeknubbelte Handtücher und T-Shirts. Als sie die schwarze Lederjacke aufhob, bemerkte sie den dunkelroten Fleck auf dem Fußboden. Erschrocken wich Bonnie ein paar Schritte zurück und ließ die über ihren Arm hängenden Sachen fallen. Ihr Atem stockte. Unfähig einen klaren Gedanken zu fassen stand sie wie versteinert da und schaute auf das Blut. Wenige Sekunden später rannte sie aus der Wohnung, raus auf die Straße.

Hektisch fuchtelte sie mit dem Schlüssel erst im Tür- und dann im Zündschloss herum. Als der Wagen endlich ansprang, raste sie mit quietschenden Reifen davon.

12

Ein Geräusch ließ sie aus ihrem Schlaf aufwachen. Irgend jemand war an der Tür. Gespannt hielt sie die Luft an. Als die Tür schließlich mit einem leichten Quietschen geöffnet wurde, drang neben einem angenehmen frischen Windzug auch ein gleißender Lichtspalt in den Raum. Alex kniff ihre Augen zusammen. An der Gestalt, welche sich schwarz von dem sonnendurchfluteten Hintergrund absetzte, konnte sie Ed erkennen. Als er die Tür hinter sich schloss, war er für einen kurzen Augenblick in der Dunkelheit verschwunden. Erst als er näher auf sie zukam und wenige Meter vor ihrer Matratze stehen blieb, konnte sie auch sein Gesicht erkennen. Die springende Flamme der Petroleumlampe warf immer neue Schatten in sein Gesicht. Es schien, als würde sich sein Gesicht ständig verändern. Nur der starre Ausdruck seiner Augen blieb.

Ed blieb eine Weile bewegungslos vor ihr stehen und musterte sie. Stille beherrschte den Raum.

Auch Alex betrachtete Ed mit einem Gefühl aus Neugier und Angst. Schließlich trat er einen Schritt auf sie zu.

"Wo ist das Bild?" Seine Stimme klang kalt und tonlos.

"Fick dich doch ins Knie, du Arsch."

Ihre Feindseligkeit schlug sofort in eine entsprechende Reaktion um, mit der Alex nicht gerechnet hatte. Blitzschnell war Ed bei ihr, ergriff mit seinen Händen ihr Sweatshirt und zog ihren Oberkörper mit einem Ruck in die Höhe. Der stechende Schmerz ließ sie laut aufschreien. Gellend warfen die Wände ihren Schrei zurück. Doch er ließ nicht von ihr ab. Vielmehr schüttelte er sie und fuhr sie mit ungehaltener Stimme an.

"Hör zu du blöde Schlampe. Wenn du glaubst du kannst Spielchen mit mir spielen, dann hast du dich getäuscht. Ich sitze am längeren Hebel. Das solltest selbst du mittlerweile begriffen haben. Also, wo ist das verdammte Bild. Ich weiß, dass du es mitgenommen hast, als ihr aus Bonnies Wohnung geflüchtet seid. Und in deiner Wohnung habe ich es nicht mehr gefunden. Also, nun spuck´s schon aus. Wo ist es?"

"Ich weiß nicht."

Ed griff noch fester zu, riss sie hoch und stieß sie mit dem Rücken gegen die Wand.

"Hör auf mich zu verarschen. Wo ist das Bild?"

Alex war kurz davor, vor Schmerzen die Besinnung zu verlieren. Ihre Augen drehten sich nach hinten und ihr Kopf sackte nach vorne. Mit einem lauten "Ach, Scheiße" ließ er Alex los und trat einen Schritt zurück.

Unsaft rutschte sie auf die Matratze zurück und schnappte nach Luft. Zeit zum erholen blieb ihr jedoch nicht. Mit einem eisernen Griff um ihren Hals unterbrach er ihre Luftzufuhr und brachte sie zum röcheln.

"Es ist mir egal, wer von euch drei Schlampen das Bild hat. Aber ich will es wieder. Der Typ in der Galerie hat euch ja gesagt, dass es 1,5 Millionen wert ist. Und glaub mir, dafür erledige ich so manche Drecksarbeit. Und wenn du mir nicht sagst, wo ich das Bild finde, lass ich dich hier verrecken. Mit deiner Wunde und ohne was zu essen und zu trinken machst du es vielleicht noch vier oder fünf Tage. Vielleicht kratzt du auch erst in einer Woche ab. Aber eines kannst du mir glauben, Mitleid kenne ich nicht. Weder mit dir, noch mit sonst wem. Ich will das Bild. Ist das klar!"

"Aber ich habe es nicht. Und ich weiß auch nicht, wo es ist."

Alleine schon das Sprechen kostete Alex sichtlich Kraft. Ihre Worte kamen mehr gehaucht als gesprochen aus ihrem Mund. Der Schmerz raubte ihren Verstand. Bei jedem tiefen Atemzug bewegte sich auch die Wunde mit. Durch das ruckartige Hochreißen hatte sich die Wunde wieder geöffnet. Sie fühlte, wie das warme Blut von ihrer Kleidung aufgesogen wurde und sich schließlich unter ihrem Rücken sammelte.

Ed löste den Griff um ihren Hals und ging in Richtung Tür. In der Mitte des Raumes blieb er noch einmal stehen und drehte sich um.

"*Wenn* ich das nächste Mal komme, hast du hoffentlich eine bessere Antwort parat. Und übrigens, du kannst dir ruhig die Lunge aus dem Hals schreien. Hier draußen hört dich sowieso keiner. Noch nicht einmal Gott."

Mit einem lauten Krachen viel die Tür ins Schloss.

Zum Schreien war ihr nun wirklich nicht zumute. Vielmehr brach sie in Tränen aus. Hemmungslos schluchzte Alex vor sich hin. Zum Glück beobachtete sie niemand. Niemand konnte sie weinen sehen. Niemand konnte sehen, wie schwach und verletzlich sie war. Tränen liefen aus ihren Augenwinkel und verschwanden über die Schläfen im Haaransatz oder tropften auf die Matratze.

Im Beisein einer anderen Person würde sie sich niemals solch eine Blöße geben. Aber jetzt und hier. Ed hatte ja gesagt, hier draußen hört sie sowieso keiner. Noch nicht einmal Gott. Gott – wo war er? Kann er sie wirklich nicht hören? Sieht er denn nicht, wie schlecht es ihr geht und in welcher Scheiß Situation sie sich befindet? Weiß er gar nicht, wie beschissen sie sich fühlt?

In ihrer Hilflosigkeit überschlugen sich Alex´ Gedanken in der Hoffnung auf übermenschliche Hilfe.

Obwohl sie schon vor mehreren Jahren aus der Kirche ausgetreten war, so hatte sie ihren Glauben dennoch nicht verloren. Sie hatte oft über das Leben nachgedacht und sich dabei häufig die Frage gestellt, welche Rolle Gott spielt. War er nur der stille Beobachter, griff er gelegentlich in das Spiel des Lebens ein oder plante er es detailliert vor? Was ist, wenn es ihn doch nicht gibt und das ganze Leben nur durch Schicksal und Zufall bestimmt wird.

Schließlich gibt es unzählige Möglichkeiten, sein Leben zu leben, es immer wieder anders zu gestalten. Beginnend schon in frühester Kindheit. Am Anfang entscheiden die Eltern noch mit, welche Astgabel am Lebensbaum man entlanghangelt. Jedoch spätestens im Schulalter wirkt jeder selbst auf sein Leben ein. Ob man Freunde hat und wenn ja, welche. Ist man von geselliger Natur oder mehr in sich gekehrt. Ist einem alles gleichgültig oder ist man strebsam und diszipliniert. Welchen Beruf ergreift man. In welchem sozialen Umfeld hält man sich auf. So oft muss man sich im Leben für das eine oder andere entscheiden. So viele Verzweigungen an denen man steht und nicht weiß, was richtig ist. Gibt es überhaut richtig und falsch?

Alex sinnierte über ihr bisheriges Leben und kam schließlich zu dem Schluss, dass sie viele falsche Entscheidungen getroffen hat. Und doch war irgendwie auch immer etwas Gutes dabei herausgekommen.

Jetzt stand sie wieder vor solch einem Lebenszweig. Entweder sie verreckte oder sie überlebte. Das sind die zwei Äste. Eigentlich ganz einfach. Nur diesmal hatte sie kaum Möglichkeiten, darauf Einfluss zu nehmen. Andere Personen bestimmten jetzt wieder mit darüber, welchen Zweig sie entlang hangelte. Ließen sich diese Personen von Gott leiten?

Ob es ihn gibt oder nicht. Wie sollte sie diese Frage beantworten können? Eines aber wusste Alex sicher, nämlich dass das Leben einem oftmals einfacher fällt, wenn man Glauben kann. Schließlich konnte sie dabei nicht verlieren. Gibt es Gott nicht, so laufen ihre Gedanken und Worte ins Leere. Gibt es ihn doch, so erhört er sie vielleicht und hilft ihr. Diese Gedanken gaben Alex Hoffnung. Eine Hoffnung, die ebenso viel Kraft geben kann wie Hass oder Liebe.

Alex´ Tränen waren mittlerweile versiegt. Sie führte ihre linke zu der gefesselten rechten Hand, faltete die Hände und begann zu beten.

13

Es klingelte. Susanne überlegte, ob sie überhaupt an die Sprechanlage gehen sollte. Sie war erst vor einer Stunde nach Hause gekommen und lag jetzt mit einem Roman auf dem Bauch auf der Couch. Auf die ersten beiden Klingelstürme reagierte sie nicht. Als die Klingel jedoch erneut anschlug stand sie auf und ging zur Gegensprechanlage.

"Ja bitte."

"Ich bin es. Bonnie Speiler." Als Bonnie keine Antwort bekam, fuhr sie fort. "Sie waren gestern morgen bei mir in der Wohnung. Ich muss sie sprechen. Es ist etwas passiert."

"Kommen sie rauf. Ich wohne im 7. Stock."

Bonnie schilderte in kurzen abgehackten Sätzen, was sie in Alexs Wohnung vorgefunden hatte. Erst nachdem Susanne ihr einen dreifachen Cognac gegeben hatte, wurde sie ein wenig ruhiger.

Da Susanne sich selbst ein Bild von der Wohnung machen wollte, fuhr sie zu Alex Wohnanschrift. Als erstes fiel ihr die aufgebrochene Wohnungstür auf. Der Holzrahmen war in Höhe der Türklinke gesplittert. Die Tür stand weit offen.

Susanne betrat die Wohnung und lehnte die Tür an. Sie wollte sich in Ruhe umsehen und keine Frage von neugierigen Nachbarn beantworten müssen. Aber scheinbar schienen sich die Nachbarn ohnehin um nichts zu kümmern. Schließlich hatten sie auch bis jetzt nichts mitbekommen oder nichts mitbekommen wollen.

Susanne verschaffte sich zunächst ein Überblick über die Räumlichkeiten. Die Unordnung und der ganze Müll waren ihr unangenehm. An einigen Stelle löste sich sogar die Tapete von der Wand. Nach Möglichkeit versuchte sie nichts anzufassen. Die Wohnung schien grundsätzlich in einem derart unordentlichen Zustand zu sein. Dennoch konnte man erkennen, dass sie durchsucht wurde. Schranktüren standen offen, die Inhalte lagen zum Teil davor, die Sofakissen lagen auf dem Boden.

Susanne entdeckte den verwischten Fleck auf dem Fußboden und begutachtete ihn näher. Das Blut war mittlerweile getrocknet. Weitere Blutflecke auf dem Fußboden oder an den Möbeln konnte sie nicht erkennen.

Wie bei einem Stubenappell schritt Susanne immer wieder die Wohnung ab und versuchte sich so viele Details wie möglich einzuprägen. Schließlich löschte sie das Licht, lehnte die Wohnungstür an und verließ das Haus. Sie bemerkte nicht, dass sie beobachtet wurde.

Bonnie wartete schon ungeduldig auf die Rückkehr von Susanne. Nervös ging sie im Zimmer auf und ab. Das Appartement war sehr luxuriös eingerichtet. Durch den hellen Berberteppich und die weiße Couchgarnitur wirkte es hell und freundlich. Bonnie schätze, dass das Wohnzimmer in etwa der Größe ihrer Wohnung entsprach. Die Küche wurde lediglich durch drei Stufen vom Wohnzimmer abgegrenzt. Auch sie war großzügig aufgeteilt und modern eingerichtet. Die in den Deckenelementen eingefassten Beleuchtungseinrichtungen tauchten die Wohnung in ein angenehm warmes Licht.

Als Susanne die Wohnungstür aufschloss, unterbrach sie ihr Auf- und Abschreiten.

"Und?"

Susanne zuckte mit den Schultern.

Nachdem sie ihren Mantel an die Garderobe gehängt hatte, ging sie zur Bar und goss sich einen Gin Tonic ein.

"Ich kann nicht mit Sicherheit sagen, was passiert ist. Auf jeden Fall handelt es sich bei dem Fleck auf dem Fußboden zweifelsfrei um Blut."

"Kann es denn nicht eine ganz harmlose Erklärung dafür geben? Vielleicht ist sie gestürzt oder hat sich geschnitten oder irgend so etwas." Bonnies Stimme klang hektisch und verzweifelt zugleich.

"Nein. Das glaube ich nicht. Gegen einen Unglücksfall spricht, dass die Wohnungstür aufgebrochen und ihre Wohnung durchsucht wurde. Außerdem, wenn ich an den gestrigen Vorfall mit Ed in deiner Wohnung denke, kann man eigentlich nur zu dem Schluss kommen, dass er etwas damit zu tun hat. Warum sollte sonst jemand einbrechen und alles durchsuchen? Zumal sich wertvolle Sachen, abgesehen vom Bild, offensichtlich nicht in der Wohnung befinden."

"Aber wenn er das Bild gesucht hat, warum hat er nicht gewartet, bis sie die Wohnung verlässt. Warum hat er sie verletzt – und wie?"

"Wenn ich das nur wüsste. Wir wissen ja noch nicht einmal genau, ob das Blut von Alex stammt. Aber den Umständen nach, müssen wir wohl erst einmal davon ausgehen." Susanne goss sich einen zweiten Gin Tonic ein. "Ich frage mich auch, wo das Bild und wo Alex ist."

"Vielleicht sollten wir die Polizei hinzurufen?", schlug Bonnie vorsichtig vor.

"Und was sollen wir denen sagen. *'Entschuldigen Sie, aber wir suchen ein Bild das vermutlich gestohlen wurde aber wir haben nichts damit zu tun. Können Sie uns nicht beim Suchen helfen. Ach ja, und unsere Freundin ist übrigens auch verschwunden.'* Nein, das müssen wir schon selber regeln.

Am besten wir fragen erst einmal in den Krankenhäusern nach, ob sie dort aufgetaucht ist."

Bonnie begann sofort sämtliche Krankenhäuser der Stadt anzurufen. In keines war eine Alexandra Koschinski eingeliefert oder behandelt worden.

"Und was machen wir nun?"

"Versuchen wir mal zu rekonstruieren. Also, wir wissen, dass Alex das Bild mit in die Wohnung genommen hat. Das Bild ist 1,5 Millionen Mark wert. Die Wohnungstür wurde aufgebrochen und ihre Wohnung durchsucht. Auf dem Wohnzimmerboden befindet sich ein relativ großer Blutfleck. Und Alex war gestern weder auf der Arbeit noch hast du sie telefonisch zu Hause erreichen können."

Susannes Wangen hatten mittlerweile einen kräftigen Rotton angenommen. Ergriffen vom Miss-Marpel-Eifer und dem nunmehr dritten Gin Tonic war ihre Blutzirkulation stark angeregt.

"Dass ein Unglücksfall vorliegt, können wir so gut wie ausschließen ..."

"Und was ist, wenn sie alles nur vorgetäuscht hat und mit dem Bild abgehauen ist?", fiel ihr Bonnie ins Wort.

"Mmh. Daran habe ich auch schon gedacht. Ausschließen können wir es nicht. Dafür kennen wir sie nicht gut genug. Aber ich kann es mir eigentlich nicht vorstellen."

"Ich glaube es auch nicht. Dafür ist sie nicht der Typ. Sie machte so einen netten Eindruck."

"Wahrscheinlicher ist, dass Ed die Wohnungstür aufgebrochen und das Bild gesucht hat. Ob Alex ihn überrascht hat, oder ob sie schon in der Wohnung war als er kam, wissen wir nicht. Wie gesagt, wir können noch nicht einmal sicher sein, ob das Blut auch wirklich von ihr ist. Wir müssen erst einmal mit Hypothesen arbeiten. Und ob Ed sie jetzt niedergeschlagen, mit einem Messer verletzt oder gar seinen Revolver benutzt hat, ist im Moment auch erst einmal zweitrangig. Wichtiger ist zu wissen,

1. Wo ist Alex?

2. Ist sie verletzt und wenn ja wie schwer? und

3. Wo ist das Bild?"

"Ich fürchte nur, dass wir diese Fragen heute Abend nicht mehr beantworten können. Wir müssen wohl erst noch einmal abwarten."

Bonnie und Susanne vereinbarten, dass man sich am nächsten Tag erneut treffen wollte. Bonnie verabschiedete sich schließlich und fuhr nach Hause.

Ruhig schlafen konnte jedoch keiner von beiden.

14

Die Weite des Tals war unvorstellbar. So weit das Auge reichte, durchzog ein kräftiges Grün das Tal und ließ es fruchtbar und friedvoll erscheinen. Bäume mit großen, grünen, üppigen Blättern wechselten sich ab mit Wiesen voller bunter Blumen und Sträuchern, an denen gelbe, rote und blaue Früchte hingen. Jeder Strauch trug eine andere Frucht. Jede Frucht hatte eine andere Farbe. Doch allesamt sahen sie süß und appetitlich aus. Der durch das Tal fließende Fluss schenkte genug Wasser, um sie zu diesen wunderschönen Früchten heranreifen und die Bäume und Wiesen so kräftig und frisch aussehen zu lassen.

Am Horizont grenzte das Tal an eine hohe Bergkette. Die weiße Schneepracht auf den Bergspitzen funkelte im Sonnenschein. Ein paar verlorene kleine Wolken durchbrachen das Blau des Himmels. Ein Adler zog in der Luft seine Kreise. Er brauchte noch nicht einmal mit seinen großen Flügeln zu schlagen, denn der sanfte Wind zwischen seinen Federn gab ihm Auftrieb. Jetzt schwebte er direkt über sie hinweg. Nur wenige Höhenmeter trennten sie von einander. Die roten Farben seines Federnkleides schimmerten im Sonnenlicht. Als er nur wenige Meter von ihr entfernt auf einem Strauch zur Landung ansetzte, konnte sie erkennen, dass seine oberen Federn royalblau waren. Sein Kopf war von gelben Federn umgeben. Seine Augen, die kleinen Spitzohren und auch seine Schnauze waren schwarz. Immer, wenn er seine Schnauze aufriss, um eine der bunten Früchte zu verzehren, entblößte er eine Reihe gefährlich spitzer Zähne.

Die Sonne wärmte ihren Körper. Der blaue Fluss in der Ferne versprach Abkühlung. Mit einem gurrenden Laut rief sie ihr Reittier herbei. Sofort kam Pertulia auch schon aus dem Gebüsch hervor. Durch sein grünes Fell konnte es sich optimal in der Natur verstecken. Über eines der 10 braunen Beine, welche seitlich unterhalb des Bauches aus dem Körper ragten, kletterte sie auf den pelzigen Rücken des Tieres. Sie langte nach vorne und ergriff die langen Schnauzhaare, welche ihr als Zügel dienten. Mit einem "heija" trieb sie Pertulia voran. Schnell kamen sie vorwärts. Pertulia wusste immer, wo es langging. Auch ohne das sie ihr etwas sagen musste. Von alleine suchte sie sich ihren Weg zum Ziel.

In den Weg hineinragenden Ästen wich sie geschickt aus. Unebenheiten des Bodens fing sie mit ihren 10 Beinen ab, so dass es eine sehr angenehme Art zu reisen war. Sie kamen schnell voran. Der kühle Wind ließ die aufkommenden Schweißperlen sofort auf der Haut verdunsten.

Während sie durch das grüne Dickicht hindurchritten, entdeckte sie immer neue Formen von Bäumen, Sträuchern oder Blumen. Die Vielfalt der Farben war überwältigend. Auch die Geräusche die von den seltsam geformten Tieren ausgingen klangen anders, als alles andere, was sie bisher gehört hatte. Sie genoss diesen Augen- und Ohrenschmaus. Noch nie hatte sie eine so zauberhafte Welt gesehen.

In Gedanken erschienen ihr die Bilder der Landschaft, welche sie in den letzten Tagen durchquert hatte. Außer roter, felsiger, harter Tonerde gab es keine Abwechslung in der Landschaft. Noch nicht einmal ein Hügel, ein Stein oder ein verdorrter Ast.

Jetzt aber befand sie sich in dem weiterentwickelten Paradies. Vielleicht traf sie ja auch noch auf eine Art von Adam und Eva. Bei diesem Gedanken musste sie unweigerlich lachen. Wie diese dann wohl aussehen mögen? Hatte die Emanzipation auch der körperlichen Konstitution Rechnung getragen? Hatte der Mann jetzt auch Brüste oder wuchsen der Frau Haare auf dem Rücken? Noch während sie ihren Gedanken freien Lauf ließ, erreichten sie endlich den Flusslauf. Über Pertulias mit Schuppen behafteten breiten Schweif rutschte sie herunter und landete auf dem Boden. Durch das viele Wasser, welches die Wiese unter ihr aufgesogen hatte, war der Boden besonders weich und gab federnd unter ihren Füßen nach.

Der Versuchung, sofort mit ihrer Kleidung in den Fluss zu springen, gab sie nicht nach. Noch größer war die Verlockung der glänzenden roten Früchte am nahestehenden Strauch. Durch den langen Ritt zum Fluss war ihr Mund wie ausgetrocknet. Eilig lief sie über die bunte Blumenwiese zu den Sträuchern herüber. Sie brauchte sich noch nicht einmal strecken, um an die Früchte zu gelangen. Die Vielzahl der großen Früchte drückte die Äste der Sträucher nach unten. Eine besonders rot leuchtende Frucht nahm sie schließlich in die Hand und pflückte sie vorsichtig ab. Sie spürte die weiche runde Frucht in ihren Händen. In Erwartung auf kühles süßliches Fruchtfleisch biss sie herzhaft zu. Sie spürte, wie der Saft ihren trockenen Mund durchflutete und aus ihrem Mundwinkel über ihrem Kinn an ihrem Hals entlang herunterlief.

Doch die erwartete Erfrischung blieb aus. Statt dessen machte sich ein scharfer fauliger Geschmack im Mund breit. Angewidert spuckte sie den Inhalt aus. Das schwarze Fruchtfleisch, umhüllt von grünem Flaum, landete vor ihren Füßen und fraß sich sofort in den Boden. Ungläubig trat sie einen Schritt zurück und ließ dabei die Frucht fallen. Sofort versickerte sie im Erdreich. Doch genauso schnell wie sie im Erdreich verschwunden war, wuchs an dieser Stelle ein saftig grüner Stängel aus dem Boden und ließ neben üppigem Blattwerk auch eine wunderschöne rote Blüte hervorsprießen.

Der ekelhafte Geschmack in ihrem Mund überlagerte ihre Verwirrung und trieb sie zum Fluss. Alex tauchte ihre zur Schale geformten Hände in das Wasser und trank einige kräftige Schlücke, um so den widerlichen Geschmack los zu werden. Sie spürte, wie das Wasser ihre Kehle herunterlief. Und sie spürte auch die Hitze. So, als hätte sie kochendes Wasser getrunken, brannte sich die Hitze in ihre Kehle, ihren Magen ein und breitete sich von dort über den ganzen Körper aus. Jede Ader, jede Pore kochte geradezu vor Hitze. Schweiß perlte von ihrer Stirn. Die Hitze raubte ihr die Sinne - oder verdunkelte sich die Sonne wirklich? Das Licht wurde immer diffuser, ließ schließlich ganz nach. Dunkelheit machte sich breit.

Ihre Augen waren geschlossen. Noch immer glühte ihr Körper. Der Schweiß ließ die Kleidung an ihrer Haut kleben. Nur langsam öffnete Alex ihre Lider. Erst schemenhaft, dann immer klarer durchbrachen ihre Augen die Dunkelheit. Sie erkannte, dass sie sich in ihrem Zwinger befand und auf der Matratze lag. Der Wechsel von einem Alptraum zum Anderen.

Es war ruhig. Schon seit Stunden war kein Ton von der Außenwelt zu vernehmen. Schließlich ging die Tür auf. Und obwohl Alex nicht wusste, was sie jetzt erwartete, war sie erleichtert Ed zu sehen. Sie war erleichtert den Mann zu sehen, der sie geschlagen, der auf sie geschossen und der sie wie einen streunenden Köter angekettet und im Zwinger eingesperrt hatte. Sie war erleichtert darüber, nicht einfach vergessen worden zu sein.

Als Alex ihre Lippen öffnete, um einen ihrer bissigen Sprüche loszulassen, entwich ihr nur ein leises Röcheln. Zu trocken war ihr Mund, die Lippen rau und von der fehlenden Feuchtigkeit eingerissen. Die Haare klebten feucht an ihrem Kopf, Schweiß perlte von ihrem Gesicht.

Wie durch eine Milchglasscheibe erkannte sie Ed, mehr an seinen Körperumrissen und seiner leicht gebeugten Haltung als an seinem Gesicht. Langsam kam er auf sie zu. Alex fiel es schwer ihre Augen aufzuhalten. Zu geschwächt war ihr Körper, zu wirr waren ihre Gedanken.

Ed blieb vor der Matratze stehen und musterte sie einige Augenblicke. Dann drehte er sich wortlos um und ging wieder. Noch bevor er die Tür erreichte, hatten sich ihre Lider wie ein schwerer Bleimantel über ihre Augen und ihren Geist gelegt. Alles war dunkel.

15

Am nächsten Tag fuhr Susanne erst gegen Mittag ins Büro. Sie hatte kaum geschlafen. Immer wieder hatte sie an die Geschehnisse der letzten Tage denken müssen. Auch jetzt fiel es ihr schwer, sich auf ihre Arbeit zu konzentrieren. Dennoch begann sie, wie gewohnt, die eingegangene Post durchzusehen. Dies war heute erfreulicherweise schnell geschehen. Außer ein paar Geschäftsbriefen, die nur eine kurze Rückantwort erforderten, befand sich noch eine Ansichtskarte in der Post. David, ein ehemaliger Studienkollege und guter Freund, sandte ihr einen Gruß aus Prag. Gleichzeitig lud er sie zu einem Spaziergang auf der Karlsbrücke mit einem anschließenden Essen in einem kleinen romantischen Restaurant, mit Blick auf die Moldau, ein. Angetan von dieser Idee schaute sie in ihren Terminkalender. Mit dicken roten Buchstaben plante sie "Prag" für das übernächste Wochenende vor und gab ihrer Sekretärin, Frau Kodrin, den Auftrag ihr einen Flug zu buchen. Per E-Mail kündigte sie David ihren Besuch an.

Die Liste der eingegangenen Telefonate umfasste 17 Anrufe. Sechs von ihnen erbaten einen Rückruf. Als Susanne schon die erste Nummer anwählte, las sie auf einer Notiz, dass ein gewisser Ed schon dreimal an diesem Morgen versucht hatte sie zu erreichen. Susanne legte den Telefonhörer auf und ging in das Vorzimmer.

"Frau Kodrin. Können Sie mir sagen, was dieser Ed wollte?"

"Das weiß ich auch nicht. Ich habe ihn gefragt, ob ich ihnen etwas ausrichten kann. Aber das wollte er nicht."

"Hat er eine Telefonnummer hinterlassen?"

"Nein. Er hat nur gesagt, er wird später noch einmal versuchen, Sie zu erreichen."

Susanne nuschelte ein "Danke" und verschwand wieder in ihrem Büro. Außer Bonnies Ed kannte sie niemanden mit diesem Namen. Bei dem Gedanken, dass er ihren Namen kannte und wusste wo sie arbeitete, lief ihr ein Schauer über den Rücken. Was konnte er nur gewollt haben? Wie sollte sie reagieren, wenn er noch einmal anrief? Sollte sie sich dumm stellen und so tun, als kenne sie ihn gar nicht oder sollte sie ihn sofort mit Fragen zu Alexs Verbleib konfrontieren?

Das Telefon riss sie aus ihren Gedanken.

"Frau von Stetten, der Mann namens Ed ist wieder in der Leitung. Soll ich ihn durchstellen?", hörte sie Frau Kodrins sonorige Stimme.

"Ja, bitte."

Susanne hörte beim Umstellen ein leises Knacken der Leitung.

"Spreche ich mit Susanne von Stetten?", hörte sie eine männliche Stimme fragen.

"Ja."

"Hören Sie. Sie oder Bonnie haben etwas, was mir gehört und ich will es zurück. Und das ganze ein bisschen schnell, oder ich lass die Blonde über die Klinge springen."

"Wo ist Alex? Was haben Sie mit ihr gemacht? Ist sie verletzt?"

"Ich will das Bild und 250.000,- DM in kleinen Scheinen. Nicht registriert. Das Geld will ich für den Ärger, den ihr mir bereitet habt. Für Jemanden der eine eigene Firma hat und so einen Sportwagen fährt, ist das sicherlich nur ein Taschengeld. Morgen abend will ich beides. Und versuchen sie bloß nicht, die Polizei einzuschalten. Sehe ich auch nur einen Bullen in meiner Nähe, krepiert sie. Klar?"

"Woher weiß ich, ob Alex noch lebt?"

"Da müssen Sie mir schon vertrauen."

"Wie schwer ist sie verletzt?"

"Sagen wir mal so. Noch lebt sie. Und wenn sie tun was ich ihnen gesagt habe, und Sie es vor allem schnell erledigen, hat sie gute Chancen zu überleben."

"Was passiert, wenn Sie das Geld und das Bild haben?"

"Dann lasse ich ihnen eine Nachricht zukommen, wo Sie ihre Freundin finden können."

"Welche Garantie habe ich dafür?"

"Keine."

Susannes Gedanken überschlugen sich. Ihr missfiel es, sich auf Eds Wort verlassen zu müssen. Nach allem was sie bisher über ihn wusste, war Ed der letzte Mensch, der sein Wort halten würde. Hatte er das Bild und das Geld, war ihm vermutlich alles egal.

"Ich will einen Beweis dafür, dass Alex noch lebt. Schicken Sie mir ein Foto von Alex, auf der eine aktuelle Ausgabe der Hamburger Morgenpost zu erkennen ist. Ist das Foto nicht von dem Tag, an dem die Übergabe stattfindet, passiert nichts."

"Gut. Sie bekommen ihr Foto."

"Und ich brauche noch einen Tag mehr Zeit um das Geld zu besorgen. Kleine, nicht registrierte Scheine in der Höhe muss ich mir auch erst einmal besorgen. Das dauert nun mal, insbesondere wenn es nicht auffallen soll."

Für ein paar Sekunden sagte niemand ein Wort. Susanne befürchtete schon, dass er nicht auf ihren Vorschlag eingehen würde. Dann endlich: "Also gut. Aber keinen Tag mehr. Ich melde mich wieder."

Susanne setzte sich hinter ihren Schreibtisch. Durch die Sprechanlage gab sie die Order, keine Anrufe mehr durchzustellen und die Termine am Nachmittag auf die nächsten Tage zu verschieben.

Susanne wischte sich ihre schweißnassen Hände an der Hose ab. Sie lehnte sich auf ihrem großen Bürostuhl zurück, zündete eine Zigarette an und schloss die Augen. Jetzt, wo sie wusste wie die Dinge lagen, konnte sie sich an die Lösung des Problems begeben. Mit geradezu mechanischem Kalkül begann Susanne die Situation zu bewerten, Prognosen aufzustellen und Lösungsmöglichkeiten zu suchen.

Nach nahezu 1 ½ Stunden hatte sie sich schließlich generalstabsmäßig einen Schlachtplan in ihrem Kopf zurechtgelegt, den es jetzt umzusetzen galt.

Von der Phase des analysierens und bewertens ging sie nun in die Phase der Vorbereitungen über. Zunächst rief sie bei Bonnie an und bat diese, sie im Büro aufzusuchen.

Der nächste Telefonanruf galt ihrer Hausbank. Der Chef der Filiale war ein guter Freund der Familie und äußerst diskret. Es sagte ihr zu, bis nächsten Tag 250.000,- DM in kleinen Scheinen in einem Koffer bereitzustellen.

Gegen 15.00 Uhr erschien Bonnie im Büro. Susanne erzählte ihr von dem Telefonat mit Ed.

"Jetzt können wir wenigstens mit Gewissheit sagen, dass Alex von Ed entführt wurde. Und wir wissen jetzt auch, dass er das Bild nicht hat. Nur was sollen wir weiterhin machen? Wir wissen immer noch nicht, wie schwer Alex verletzt ist, geschweige denn, wo sie ist."

"Nein, das wissen wir noch nicht. Aber jetzt haben wir Möglichkeiten, einiges zu ermitteln. Ich habe mir folgendes überlegt: ..." Susanne weihte Bonnie in ihren Plan ein.

"Das hört sich irgendwie alles ganz gut an. Glaubst du, dass es klappt?", fragte Bonnie ein wenig unsicher. "Ich meine, wir sind ja keine Profis auf diesem Gebiet."

"Wir müssen es wenigstens versuchen."

"Mmh."

Beide verstummten und hingen ihren Gedanken nach.

Susanne saß auf einem der hölzernen Stühle auf dem Flur und wartete, dass sie hereingerufen wurde. Sie dachte an ihre erste Vernehmung und die ungeheuerliche Theorie, welche der Polizist ihr als Motiv unterstellt hatte. Ein Diebstahl als kleiner Kick des bewussten Erlebens. Ein Ausbrechen aus dem Alltag, aus der langweiligen Routine. Je mehr sie darüber nachdachte, umso weniger abwegig erschien ihr diese Vorstellung. Zweifellos kam es für sie nicht in Frage. Dennoch, mit dem Verlangen nach besonderen Erlebnissen, welche ihren Körper zu einem Höchstmaß an Adrenalinausstoß veranlassten, lag er gar nicht so falsch. Allerdings hatte sie bislang ihre Abenteuerlust durch Helikopterskiing im Kaukasus, einen mehrwöchigen Ritt durch die Wüste Gobi oder Orientierungsmärsche im Dschungel von Brasilien befriedigt.

Ihre Urlaubserinnerungen wurden unterbrochen, als sie in das Vernehmungszimmer hereingerufen wurde. Diesmal wurde sie jedoch nicht von dem kleinwüchsigen, vernarbten Polizisten empfangen, der sie am Abend nach ihrer Festnahme vernommen hatte. Der Mann, der jetzt von seinem Schreibtisch auf sie zu kam und ihr die Hand entgegenstreckte, war gutaussehend und wirkte sehr sympathisch. Durch sein elegantes Äußeres, er trug eine dunkelbraune Tuchhose mit farblich abgestimmten Hemd, Krawatte und Weste, stach er von der typischen Vorstellung von einem Polizisten ab. Susanne war ein wenig irritiert.

"Wo ist der andere Polizist?"

"Wenn Sie meinen Kollegen meinen, der ist wieder zu seiner Dienststelle zurückgegangen. Er hat uns nur unterstützt, da wir krankheitsbedingt einige Ausfälle zu verzeichnen hatten. Sie müssen schon mit mir vorlieb nehmen. Mein Name ist Thoms."

"Oh, Susanne von Stetten. Also, ich wollte eigentlich nur wegen des Diebstahls im Kaufhaus, Sie wissen schon."

"Es tut mir leid, aber im Moment kann ich ihnen nicht folgen. Aber nehmen Sie doch erst einmal Platz. Darf ich ihnen eine Tasse Kaffee anbieten?"

"Nein, danke. Im Moment nicht. Entschuldigen Sie, aber ich bin ein wenig aufgeregt. Man hat schließlich nicht jeden Tag mit der Polizei zu tun."

"Och, ich schon", erwiderte Thoms und grinste sie breit an.

Susanne musterte ihr Gegenüber und ließ ebenfalls ein Lächeln ihre Lippen umspielen. Ihre Gedanken liefen derzeit auf Hochtouren. Von ihrem eigentlichen Vorhaben, nämlich die bereuende Sünderin zu spielen, nahm sie Abstand. Irgendwie hatte sie den Eindruck, dass er ihr das nicht abnehmen würde. Hinter seinen leuchtend klaren Augen schien sich ein messerscharfer Verstand zu verbergen. Daher änderte sie ihre geplante Vorgehensweise.

"Sie halten mich wohl für eine Kriminelle."

"Kriminell ist nur, wer kriminelles tut. Haben Sie etwas kriminelles getan?"

Susanne zündete sich eine Zigarette an und antwortete mit einer Gegenfrage.

"Mmh. Welche Antwort würden Sie denn gerne hören?"

"Die Wahrheit."

"Tja, mit der Wahrheit ist das gar nicht so einfach. Wie halten sie es? Sind Sie immer offen und ehrlich? Haben Sie noch nie gelogen?"

"Nur wenn es unbedingt erforderlich war und niemandem geschadet hat."

"Sie scheinen ja sehr hehre Ansichten zu haben. Sind Sie denn noch nie einer kleinen Gaunerei erlegen?"

"Um ehrlich zu sein, da war schon einmal die ein oder andere kleine Verfehlung. Aber das gehört jetzt nicht hierhin. Wir wollten ja eigentlich über ihre *kriminelle Karriere* sprechen. Sie sind ja wohl kaum gekommen, damit ich ihnen von meinen Jugendsünden erzähle."

"Warum nicht, wenn sie interessant sind", feixte Susanne.

Thoms legte sich mit einem Lachen in seinen Bürostuhl zurück. Auf ihren Vorschlag ging er nicht weiter ein. Nach einem kurzen Moment beugte er sich wieder nach vorne über den Schreibtisch hinweg.

"Frau von Stetten. Was wollen sie wirklich hier?"

In diesem Moment kam Susanne das Telefon zu Hilfe. Das schrille, hartnäckige Klingeln unterbrach ihr Gespräch. Nachdem Thoms einen Moment dem Teilnehmer am anderen Ende der Leitung zugehört hatte, sagte er nur kurz und knapp "Gut, ich komme eben rüber", und beendete das Gespräch.

"Sie entschuldigen mich bitte für einen Moment."

"Sicher."

Susanne war dankbar für diese Gelegenheit. War ihr doch so schnell keine wirklich glaubhafte Antwort eingefallen. Sie konnte schließlich nicht sagen: *Och, ich warte nur auf eine günstige Gelegenheit, um in ihren Sachen herumzuwühlen.* Jetzt hatte sie doppelt Glück. Für einen kurzen Moment war sie alleine im Raum. Schnell schlich sie auf die andere Seite des Schreibtisches und zog vorsichtig die Schubladen auf. Außer Aktenordner, diversen Büroartikel und zwei Tabakpfeifen gab der Schreibtisch nicht das

Gesuchte her. Erst als sie den Raum schon verlassen wollte, bemerkte sie seine Anzugjacke auf dem Garderobenständer. Nach einem Griff in die Innentasche des Jacketts wurde sie schließlich fündig. Schnell steckte sie den Gegenstand in ihre Tasche und wandte sich zur Tür. Sie spürte, wie das Blut in ihrer Halsschlagader und in den Schläfen pulsierte. Bevor sie jedoch das Zimmer verließ, ging sie noch einmal zum Schreibtisch zurück. Mit leicht zittriger Hand schrieb sie: *Habe leider keine Zeit mehr. Aber auf den Kaffee komme ich zurück. vS*

Als Susanne wieder das Bürohaus betrat, ließ das euphorische Kribbeln langsam nach. Dennoch verzogen sich ihre Lippen zu einem Lächeln, als sie das Lederetui in ihrer Tasche berührte. Sie konnte es kaum abwarten, Bonnie ihr Beutestück zu zeigen. In ihrem Büro präsentierte sie ihr schließlich die Polizeimarke und den Dienstausweis aus dem schwarzen Lederetui. Mit vor Aufregung rot gefärbten Wangen und glühenden Augen erzählte sie von ihrem kleinen Raubzug.

Ungläubig hielt Bonnie die Marke in der Hand. Sie konnte kaum begreifen, wie unverfroren und dreist - wie mutig Susanne war.

"Hast du ein Passfoto dabei?", wurde sie von Susanne aus ihren Gedanken gerissen.

"Ja. Es ist zwar nicht so gut geworden aber ich glaube es langt."

Susanne nahm das Foto entgegen und wandte sich ihrem Computer zu. Sie scannte Dienstausweis und Bonnies Foto ein und ließ beides auf ihrem Bildschirm erscheinen. Dann schnitt sie das Originalfoto aus und ersetzte es durch Bonnies Passfoto. Schließlich löschte sie noch das "s" von Andreas und hing dem Kriminalhauptkommissar ein "in" an. Nachdem sie spezielles Papier eingelegt hatte, gab sie den Druck in Auftrag. Zum Schluss entfernte sie noch die überstehenden Ränder des Blattes und hielt den Dienstausweis prüfend gegen das Licht.

"Voila, fertig ist das Meisterwerk."

Selbstgefällig betrachtete Susanne den Dienstausweis und wandte sich an Bonnie.

"Frau Kriminalhauptkommissarin Andrea Thoms. Darf ich ihnen ihren Dienstausweis überreichen, damit sie morgen schon an die Arbeit gehen können?"

"Whouw. Der ist wirklich gut geworden." Bonnie war begeistert davon, was man in so kurzer Zeit alles mit einem PC anstellen konnte. "Da kommt keiner drauf, dass der nicht echt ist."

Nachdem sie den Lieferservice vom Chinesen in Anspruch genommen hatten, fuhr Bonnie nach Hause. Susanne verblieb noch einige Minuten im

Büro, da sie noch Telefonate führen wollte. Über seinen privaten Telefonanschluß erreichte sie den Filialleiter ihrer Hausbank und vereinbarte einen Termin für den morgigen Tag.

Der zweite Telefonanruf galt ihrem Freund, Monsieur Henri de Chavalieu, wie er sich nannte. Mit bürgerlichem Namen hieß er schlicht Frank Reufels. Mit ihrer unschuldigsten Stimme bat sie ihn um einen Gefallen, dem er schließlich, wenn auch nur widerwillig, nachkommen wollte.

Zum Schluss schickte Susanne noch ein Fax an die Hamburger Morgenpost ab, bevor sie das Licht löschte und nach Hause ging.

16

Der Tisch hatte schwer an der Last des Eisbechers zu tragen. Mit den 88 Eiskugeln war zudem auch die Aufnahmekapazität der Glasschale erreicht. Der lange silberne Löffel in Jonathans Hand glänzte ebenso sehr im Sonnenlicht, wie seine Augen. Genussvoll führte er den Löffel mit Schokoladeneis in seinen eisverschmierten Mund und kleckste dabei auf seinen Pullover. Statt jedoch einen dunklen Fleck zu hinterlassen, verschwand der Fleck sogleich wieder, so als hätte der Pullover ihn verschlungen.

Alex war fasziniert von diesem selbstreinigenden Pullover und versuchte das gleiche mit ihrer Hose. Absichtlich kleckste sie mit ihrem Erdbeereis auf ihre Hose. Sofort wurde auch dieser Fleck von ihrer Hose aufgesogen und verschwand, ohne eine Spur zu hinterlassen, in kürzester Zeit.

Die Zeit ließ sich ohnehin nicht in Stunden, Minuten oder Sekunden pressen. Eile und Hektik existierten nicht an diesem Ort. Alex und Jonathan saßen einfach nur da, genossen den Sonnenschein und das Eis essen in der grünen Umgebung. Ein Schmetterling setzte sich auf Jonathans Schulter und pfiff leise vor sich hin. Mit einem Teil seines gelb-hellgrau karierten Flügels poliert er seine Sonnenbrille, setzt sie wieder auf und flog davon. Niemand sonst sagte ein Wort. Auch die Gäste an den anderen Tischen gaben keine Geräusche von sich, sondern verspeisten genüsslich und mit einem Lächeln auf den Lippen, ihr Eis. *Ginas Happy Eiscafé* lies offenbar keine negativen Gefühle zu. Sobald man das Café betrat, bekam man automatisch gute Laune und ein Gefühl des Glücks. Auch Gina lächelte unentwegt, wenn sie die riesigen, schwerelos wirkenden Eisportionen servierte. Jonathan und Alex aßen genussvoll. Jeder Löffel brachte ein Gefühl des Hochgenusses. Auch der Magen spielte mit und zeigte sich völlig unbeeindruckt von den riesigen Eisportionen. Nur eine angenehme Kühle, einhergehend mit einem unbeschreiblichen Wohlempfinden, durchzog ihre Körper.

Noch während sie ihr Eis aßen, beobachteten sie eine bunt gekleidete Artistengruppe, die vor dem Café vorbeizog. Mit fröhlichem Gelächter, Schellen und Klingeln schlugen sie Räder, sprangen aus dem Stand hoch, wirbelten in mehrfachen Saltos durch die Luft oder sprangen einfach nur wild hin und her. Wie durch einen Magnet angezogen, konnte Jonathan die Augen nicht mehr von der Gruppe lassen. Ähnlich einem hypnotisierten Kaninchen stand er auf und ging zum Ausgang des Eiscafés.

Mit einem Augenaufschlag und gleichzeitig freundlich nickend bezahlte

Alex die Rechnung und ging Jonathan hinterher. Am Eingang holte sie ihn wieder ein. Damit er ihr nicht davon- und den Artisten hinterherlief, legte sie ihm ihre Hand auf seine Schulter. Jonathan drehte sich ruckartig um und sprach zu seiner Mutter. Doch statt seiner niedlichen Kinderstimme vernahm Alex nur eine dunkle metallische Stimme aus seinem Mund.

"Lass mich los."

Erschrocken über diese fremde Stimme ließ Alex tatsächlich die Hand von Jonathans Schulter gleiten. Sofort rannte Jonathan der Artistengruppe hinterher.

Noch bevor Alex ihm irgendetwas nachrufen konnte, war dieser auch schon in der Artistengruppe verschwunden. Sofort eilte Alex ihm nach und rannte auf der Suche nach ihm in die Gruppe der Artisten hinein. Erst jetzt bemerkte sie die Gluthitze. Die heiße trockene Luft brachte sie schnell dazu, nach Luft zu ringen. Gierig sog sie die heiße Luft in ihre Lunge. Trotz der Gluthitze lief sie weiter zwischen den Artisten hin und her. Jetzt erst fiel ihr auf, dass die Artisten nicht mehr fröhlich lachende Gesichter, sondern verzerrte, mit Narben und Auswüchsen entstellte Fratzen hatten. Sie gaben grölende, undefinierbare Geräusche von sich, so als ob sie etwas verscheuchten oder ein wildes Tier jagten.

"Jonathan, Jonathan!"

Immer wieder rief Alex Jonathans Namen, doch er antwortete nicht. Verzweifelt rannte sie zwischen den Fratzen hin und her und hielt Ausschau nach Jonathan.

Endlich sah sie ihn. Er hatte sich zwei Artisten angeschlossen, welche sich durch Bock- und Luftsprünge fortbewegten. Auch Jonathan banden sie in ihr Spiel mit ein. Mit einem kurzen Anlauf rannte er auf einen der beiden Artisten zu. Dieser bildete mit seinen Händen eine Schaufel. Als Jonathan mit seinem Fuß in die Schaufel sprang, warf er ihn hoch in die Luft, wo er vor Freude schreiend Saltos und Schrauben drehte.

Alex Herz setzte aus, als sie sah, wie er die luftige Höhe verließ und wieder richtung Boden flog. Der andere Artist hielt ihm seine Arme entgegen, bereit ihn aufzufangen. Kurz bevor Jonathan jedoch die helfenden Arme erreichte, drehte sich der Artist, mit einem dreckigen Lachen in seiner Fratze, weg und ließ Jonathan der Länge nach auf die staubige Erde fallen. Der von Alex erwartete Schrei und das Heulen blieben aus. Statt dessen stand Jonathan sofort wieder auf und nahm erneut Anlauf. Mit leichten Abweichungen in der B-Note wiederholte er seine Akrobatikeinlage.

Alex rannte schnell zu ihm hin und erwischte ihn gerade noch am Kragen, bevor er erneut zu einem Sprung ansetzten konnte. Als er sich zu ihr herumdrehte, sah sie nicht in das ihr so vertraute Kindergesicht mit seinen großen Kulleraugen, sondern sie guckte in eine mit Wucherungen übersäte Fratze. Wieder ertönte die dunkle metallische Stimme.

"Hallo Mama. Ich hab dich so lieb."

Gleichzeitig zog er ein langes, im Licht der Sonne funkelndes Stilett aus dem Hosenbund und stach zu.

"Jonathan. Neee-iiin!"

Alex spürte den beissenden Schmerz.

"Ist ja gut. Das brennen lässt gleich nach."

Die Stimme die Alex nun vernahm war eine andere. Eine tiefe Männerstimme, die ihr irgendwie bekannt vorkam. Jetzt erkannte sie Ed. Und wieder einmal war sie erleichtert, dass er es war. Denn nun wusste sie, dass sie erneut einem Alptraum erlegen war.

Der beissende Schmerz an ihrer linken Seite kam vom Desinfizieren. Sie bemerkte, dass er ihr die Handfessel gelöst und ihr das Shirt ausgezogen hatte. Jetzt lag sie, nur noch mit ihrem BH bekleidet, auf der Matratze. Ihr Shirt hatte er in Stücke gerissen und nutzte es als Lappen. Mit dem, mit Alkohol vollgesogenen Lappen, wischte er über die Wunde und entfernte so gleichzeitig das angetrocknete Blut. Vor Schmerz füllten sich Alex' Augen mit Tränen.

"Das brennt ja wie Ameisenpisse."

"Besser, als wenn es sich entzündet."

Alex blieb still liegen. Zum einen war sie viel zu schwach um sich zu bewegen und zum anderen war sie dankbar, dass ihre Wunde versorgt wurde.

Nachdem die Wunde gereinigt war, klebte Ed einen Mullverband über die Verletzung.

"Hier. Das kannste anziehen", nuschelte er und reichte Alex ein viel zu großes Hemd.

"Ich muss mal pinkeln."

Mit einem Kopfnicken zeigte Ed auf die Tür neben dem Ausgang. Langsam und stöhnend vor Schmerzen setzte Alex sich aufrecht hin und zog das Hemd über. Dann stand sie auf und ging auf wackeligen Beinen zum Waschraum.

Nachdem sie sich Erleichterung verschafft hatte, hielt sie ihren Kopf unter den Wasserhahn. Der kalte Wasserstrahl hatte eine belebende Wirkung. Sofort fühlte sie sich frischer und auch ein wenig gestärkt. Kurz kam ihr der

Gedanke, die Möglichkeit zur Flucht zu ergreifen. Die Tür zum Ausgang war schließlich in greifbare Nähe gerückt. Aber die Tatsache, dass Ed auf einer der Holzkisten saß, welche direkt neben dem Ausgang gestapelt waren, ließ sie ihre Fluchtgedanken verwerfen. Ihre körperliche Verfassung ließ es gerade mal zu, dass sie kurze Strecken gehen konnte. Schon danach war sie vollkommen erschöpft. Noch immer hatte das Fieber ihren Körper fest im Griff und drang nach wie vor aus jeder Pore. Sie fühlte sich einfach nur schwach und müde. Außerdem schien der fehlenden Geräuschkulisse nach zu urteilen, weit und breit niemand da zu sein, der ihr zur Hilfe eilen würde.

Langsam und widerwillig begab sie sich zurück auf die Matratze.

Ed saß nach wie vor auf der Kiste und lehnte mit dem Rücken gegen die Wand. Keiner von ihnen sagte ein Wort. Alex hätte zu gerne gewusst, wie lange er sie noch hier festhalten wollte, aber irgendetwas sagte ihr, dass sie danach besser nicht fragen sollte.

"Wie hat denn Frankfurt Galaxy gespielt? Haben die "Men in Purple" Rhein Fire schlagen können?"

"Du interessierst dich für Football?" Ed war sichtlich überrascht.

"Mein Vater hat mich früher immer zum Training mit auf den Platz genommen. Jeden Dienstag und Donnerstag. Und an den Wochenenden konnte ich mir dann die Spiele ansehen. Er hat die Jungs trainiert. Ich meine damit die "schwarzen Teufel". Eigentlich mehr eine Thekenmannschaft. Aber einmal haben sie den Aufstieg in die Liga geschafft. Zumindest für eine Saison. Das war riesig. Wenn ich an den langen Heinz denke, man, was konnte der laufen. Oder Georg, der Knochenbrecher. Dem durfte wirklich nichts und niemand im Weg stehen. Hat sich dann aber bei einem Zusammenstoß verletzt und das Knie blieb steif. Aus war es mit seiner Karriere. Die schwarzen Teufel, mein Vater und ich waren oft zusammen, so wie in einer großen Familie. Zumindest so lange, wie mein Vater da war. Dann hat er seinen Trainerjob geschmissen."

"Warum hat er aufgehört?"

"Ich weiß auch nicht so genau. Zu wenig Geld. Zu viel Verantwortung. Zu viel Alkohol. Was weiß ich. Auf jeden Fall ist er zurück nach Amerika."

Alex hielt einen Moment inne, bevor sie fortfuhr.

"Und du. Was ist mit dir. Hast du auch Football gespielt?"

"Nee. Hatte zwei linke Füße. Sport war noch nie so mein Ding. Außer im Fernsehen. Eishockey sehe ich gerne oder Boxen. Da geht's immer richtig zur Sache. Wenn ich nur Boxen könnte wie Henry. Dann bräuchte ich mir

so manches nicht gefallen lassen. Dann würde ich austeilen und nicht ..."
Ed stockte und ließ den Satz unvollendet. Statt dessen fuhr er im tieferen Ton fort.

"Genug geschwafelt. Ist ja schließlich kein Kaffeekranz hier."

Ed ergriff Alex´ Arm und ließ die Handschelle um ihr Handgelenk schnappen. Ohne ein weiteres Wort verließ er den Raum.

17

Der erste Weg an diesem Morgen führte Susanne zu ihrer Bank. Nachdem sie einige freundliche Worte mit dem Filialleiter gewechselt hatte, kam Susanne auf den Grund ihres Besuches.

"Haben Sie das Geld für mich bereitgelegt, Herr Merten?"

Herr Mertens zog seine Augenbrauen zusammen, wodurch sich auf seiner Stirn kleine Falten bildeten, welche in seinem grauen Haaransatz verschwanden. Mit besorgtem Gesicht schaute er Susanne an.

"Meine liebe Frau von Stetten. Selbstverständlich habe ich ihrem Wunsch entsprochen und das Geld bereitgelegt. Um Unannehmlichkeiten aus dem Weg zu gehen, habe ich mich persönlich darum bemüht, das Geld in kleinen, gebrauchten Scheinen beizubringen. Ich will ihnen jedoch nicht verhehlen, dass ich es nicht gerne getan habe. Ihr verstorbener Vater und Sie sind schon langjährige Kunden unserer Bank. Und die Beziehung zu ihrem Vater ging, wie Sie wissen, weit über das geschäftliche hinaus. Ich sehe mich daher eigentlich mehr als Freund der Familie und bin deswegen sehr in Sorge um Sie. Wenn Sie Schwierigkeiten haben, egal welcher Art sie auch sein mögen, so möchte ich ihnen meine Hilfe zusichern. Bitte scheuen sie sich nicht, diese Hilfe anzunehmen."

Susanne war gerührt von der fast väterlichen Sorge um sie. Herr Merten war ein guter Freund ihres Vaters gewesen und hatte ihr sehr geholfen, als ihre Eltern vor 9 Jahren bei einem Autounfall ums Leben kamen.

"Herr Merten, ich danke Ihnen sehr für die Unterstützung. Aber Sie brauchen sich wirklich keine Sorgen zu machen. Ich habe alles fest im Griff. Sie wissen doch, der von-Stetten-Clan hält die Fäden immer fest in der Hand."

Mit einem Lächeln unterstützte sie ihre Worte und versuchte so, seine Sorgen als unbegründet erscheinen zu lassen.

"Nun, wie Sie meinen."

Herr Merten holte einen braunen Koffer aus dem rückwärtig eingebauten Wandsafe und reichte ihn Susanne.

Als sie sich verabschiedeten, widerstand sie der Versuchung ihn herzlich zu umarmen. Statt dessen verabschiedeten sie sich mit einem förmlichen Handschlag und wünschten sich alles Gute.

Bonnie schritt gelassen den Korridor ihrer Wohnung entlang. Eine Hand steckte lässig in der engen Jeanshose. Ihren Kopf streckte sie ein wenig in die Höhe und ihre Mundwinkel ließ sie locker nach unten zeigen. In Höhe des Garderobenspiegels drehte sie sich mit einem "Thoms, Kripo Hamburg" zu ihrem Spiegelbild und griff gleichzeitig in die Innenseite ihrer Jacke. Beim Herausziehen des schwarzen Ledermäppchens verhakte sich dieses jedoch an dem aufgerissenen Futterstoff, so dass sie es erst nach einigem zerren lösen und herausholen konnte.

Mit einem "Ach, Scheiße" ging sie auf ihre Ausgangsposition zurück. Erneut schritt sie den Korridor entlang um schließlich ihr Spiegelbild anzusprechen.

"Thoms, Kripo Hamburg. Ich hab da ein paar Fragen an Sie."

Gleichzeitig zog sie die Polizeimarke und den Dienstausweis aus der hinteren Hosentasche. Bonnie betrachtete sich im Spiegel und war zufrieden mit ihrem Anblick. Besonders gut gefielen ihr die leichten Schattierungen, welche sie sich gemalt hatte. Schließlich waren doch die meisten Polizisten übermüdet und hatten Augenringe. Zumindest war das in den amerikanischen Krimiserien immer so.

Ein paar mal wollte sie ihr Auftreten noch üben und dann ging es los. Sie hatte sich eine Liste mit allen ortsansässigen Autohändlern zusammengeschrieben, die sie abklappern wollte. Da Ed vermutlich nur wenig Geld zur Verfügung hatte, wollte Bonnie zuerst die Firmen aufsuchen, die Pkw´s verliehen. Erst wenn sie hier nicht fündig wurde, wollte sie auch alle anderen kleinen und großen Autohändler aufsuchen und diese danach befragen, ob sie in den letzten Tagen ein altes Auto verkauft hätten. Sie hatte also jede Menge zu tun.

Bonnie war sich allerdings nicht sicher, ob sie Erfolg haben würde. Dennoch wollte sie nichts unversucht lassen, um etwas über Ed bzw. Alex´ Aufenthaltsort herauszubekommen. Außerdem konnte sie besser etwas unternehmen, als nur herumzusitzen und abzuwarten. Das war genau das, was sie jetzt am wenigsten gebrauchen konnte.

Bevor Bonnie aus dem Haus ging, warf sie noch einen letzten, prüfenden Blick in den Spiegel. Nervös ging sie noch einmal mit ihren Fingern durch das nach hinten gekämmte Haar. Als sie sich schon zum Gehen wandte, glaubte sie in Bauchhöhe eine kleine Wölbung entdeckt zu haben. Nein, das konnte eigentlich nicht sein. Schließlich war sie gerade erst im zweiten Monat. Bonnie wich ihrem Spiegelbild lieber aus. Sie wollte jetzt nicht daran erinnert werden. Bislang hatte sie die Schwangerschaft erfolgreich verdrängt. Doch so langsam musste sie sich entscheiden, ob sie das Kind nun behalten wollte oder nicht. Bonnie beschloss, erst einmal nicht daran zu denken. Alles hat seine Zeit.

Die Generalprobe verlief anstandslos. Der schlaksige rothaarige Typ hinter der Theke fragte nicht weiter, warum sie sich nach einer Person namens Eduard Hauser erkundigte. Die Dienstmarke reichte ihm offenbar völlig als Erklärung. Dennoch konnte er ihr nicht weiterhelfen. Ein Pkw wurde an diese Person nicht vermietet.

Ein wenig entspannter suchte Bonnie die nächsten Autoverleihfirmen auf. Sie war erstaunt wie auskunftsfreudig die Leute doch waren. Kaum einer fragte nach dem *warum*. Bonnie überlegte sich schon, wie sie diesen Ausweis noch nutzen konnte. Langsam bekam sie Spaß an der Sache und fragte auch noch nach belanglosen Sachen oder irgendwelchen Phantasie-autos. Sie hatte sich sogar eine Schachtel Zigaretten gekauft und paffte vor sich hin. Einfach weil es cooler war und zu ihrer Rolle passte.

Bonnie suchte die nächste Firma auf. Unscheinbar wies das Firmenschild auf den Autoverleih hin. Bonnie betrat das Geschäft, welches lediglich aus einem kleinen muffigen Büroraum mit zwei Schreibtischen bestand. Durch die offenstehende Hintertür war der Garagenhof, auf dem überwiegend Mittelklassewagen älteren Modells standen, einsehbar.

Das Büro war durch eine ältere Frau besetzt. Das Namensschild auf dem Schreibtisch wies sie als *Frau Strath* aus. Bonnie schätzte sie so auf Mitte fünfzig. Fast schon routinemäßig stellte sie sich vor und hielt dabei ihren Dienstausweis hoch.

"So, so. Polizei. Darf ich den mal sehen." Schon griff sie nach dem Ausweis und betrachtete ihn prüfend und sah dann von dem Passfoto auf Bonnie, wobei sie skeptisch ihre Augenbrauen nach oben zog. Diese gab sich betont gelassen und nahm ihr den Ausweis wieder aus der Hand.

"Folgendes, Frau Strath. Die Polizei ist auf der Suche nach einem Eduard Hauser. Nach verschiedenen Hinweisen aus der Bevölkerung soll er im Besitz eines Pkws sein. Laut Straßenverkehrsamt ist auf seinen Namen jedoch kein Wagen zugelassen, so dass die Vermutung nahe liegt, dass er sich einen Pkw geliehen hat. Daher meine Frage, ob sie in den letzten Wochen einen ihrer Wagen an diese Person verliehen haben."

Offensichtlich überwog jetzt die Neugier ihr Misstrauen. "Warum wird er denn gesucht?"

"Eigentlich darf ich ihnen das ja gar nicht sagen", tat Bonnie geheimnisvoll, "aber er hat mehrere Frauen um ihr Herz und vor allem um ihr erspartes Geld gebracht. Bigamie – Sie wissen schon."

Frau Strath kniff die Augen zusammen und nickte bestätigend mit dem Kopf, so als wisse sie genau Bescheid.

"Und das Geld hat er wahrscheinlich schon längst zur Seite geschafft."

"Verjubelt, und das in kürzester Zeit."

"Ja, ja. Wir leben in schlechten Zeiten. Man kann nie vorsichtig genug sein."

Bonnie lächelte in sich hinein. Erstaunlich, wie schnell Frau Strath ihr Glauben schenkte. Und offensichtlich glaubte sie ihr nicht nur, sondern fühlte sich auch betroffen. Als sie Bonnies Frage beantwortete, lag ihre Stimmlage einen Ton tiefer und klang ziemlich abwertend.

"Ja, diesen Schuft kenne ich."

"Das ist ja interessant. Er hat also bei ihnen ein Auto gemietet?"

"Ja, vor ein paar Tagen." Emsig kramte sie in ihren Unterlagen. "Hier steht es. Er hat sich unseren hellgrünen Mercedes gemietet. Für eine Woche."

Bonnie schrieb sich schnell Kennzeichen und Wohnanschrift von dem Mietvertrag ab.

"Der kam mir gleich so komisch vor. Irgendwie verdächtig. Zum Glück hat er mich nicht ausgeraubt."

"Nein, nein. Da brauchen sie keine Angst zu haben. Das ist nicht seine Art. Wie gesagt, der hat sich auf anderes spezialisiert. Aber auch nicht mehr lange. Wir werden ihn schon schnappen."

"Ja hoffentlich."

"Wichtig ist nur, dass Sie zu niemandem, aber wirklich zu keiner Menschenseele etwas darüber verlauten lassen. Sie müssen das, was ich ihnen erzählt habe, für sich behalten."

"Sie können auf mich zählen, Frau Kommissarin.", entgegnete Frau Strath verschwörerisch.

Bonnie war stolz über ihr selbstbewusstes Auftreten und über ihren Erfolg. Noch nie hatte sie jemanden derart dreist angelogen. Trotzdem, oder vielleicht gerade deswegen, verließ sie die Autofirma mit dem Gefühl vor Freude zu platzen und Bäume ausreißen zu können.

Mit ihrem alten Jetta jagte sie durch die Stadt. Sie konnte es kaum erwarten, Susanne von den Neuigkeiten zu erzählen.

Ohne Voranmeldung ging Bonnie schnurstracks an der Sekretärin vorbei und verschwand in Susannes Büro. Ihr Einwand: "Aber Sie können doch nicht einfach ..." endete mit dem zuschlagen der Tür.

Sofort bat Susanne über die Sprechanlage, nicht mehr gestört zu werden. Aufgeregt erzählte Bonnie von ihrem Auftreten als Polizistin und was sie von der Frau aus der Autofirma erfahren hatte.

Der nächste Weg führte Bonnie und Susanne in die Alte Speicherstraße 5, Eds Wohnanschrift. Sie gingen zwar nicht davon aus, dass er Alex in seiner Wohnung oder in seinem Keller festhielt, dennoch wollten sie diesbezüglich auf Nummer Sicher gehen. Vor allem aber brauchten sie Informationen, wenn sie den Aufenthaltsort von Alex herausbekommen wollten.

Zunächst einmal sahen sie sich das Haus Nummer 5 von allen Seiten an, wobei sie insbesondere die oberen Fenster nicht aus den Augen ließen. Der gemietete grüne Mercedes stand nicht vor der Tür oder im Hinterhof.

Susanne schaltete ihr Handy aus. Auch das penetrante Klingeln des Telefons in seiner Wohnung hatte keine Reaktion hervorgerufen.

"Er scheint wirklich nicht zu Hause zu sein."

Bonnie stimmte ihr stumm mit einem Nicken zu.

"O. k., dann lass uns jetzt reingehen. Am besten geht nur eine von uns und die andere steht Schmiere."

"Ich werde reingehen", sagte Bonnie entschlossen.

"Gut. Dann warte ich solange draußen. Falls Ed auftaucht, rufe ich von meinem Handy aus in seiner Wohnung an. Ich lasse das Telefon aber nur zweimal klingeln. Du musst dann sofort verschwinden."

Bonnie hängte sich die Handtasche um und nahm den Schürhaken aus dem Fußraum des Pkw. Diesen verstaute sie unter ihrem Mantel. Über den Hinterhof gelangte sie zu einer kleinen Treppe an der Rückseite des Hauses. Den Schürhaken hielt sie mit ihrer schweißnassen Hand fest umklammert. Ihr Herz schien jetzt die doppelte Menge an Blut zu pumpen. Angestrengt lauschte sie, neben dem Puls in ihren Ohren, noch nach anderen Geräuschen.

Bisher hatte sie immer nur im Fernsehen gesehen, wie man eine Tür mit einer Brechstange öffnet. Selber hatte sie es noch nicht ausprobiert. Sie hoffte nur, dass es nicht allzu viel Lärm machen würde. Bonnie drückte die Klinke herunter und die Tür gab, zu ihrer Verwunderung, nach. Erleichtert, das erste Hindernis so schnell überwunden zu haben, betrat Bonnie den Keller. Nur schwach drang das Tageslicht durch die dreckigen kleinen Fensterscheiben. Dennoch fiel so viel Licht in den Raum, dass Bonnie erkennen konnte, dass sie sich in der Waschküche befand. Schnell hatte sie die anderen Kellerräume inspiziert. Außer jeder Menge Trödel und Krimskrams war nichts besonderes vorzufinden.

Durch eine enge Treppe mit ausgetretenen Stufen gelangte sie in den Hausflur. Im Erdgeschoss waren zwei Wohnungstüren. Dummerweise wiesen die Türen keine Namensschilder auf, so dass Bonnie im ersten

Moment ein wenig ratlos im Flur dastand. Dann bemerkte sie vor der rechten Wohnungstür eine ganze Batterie von Kinderschuhen. Diese Wohnung konnte somit nicht Ed gehören. Langsam schlich Bonnie zur gegenüberliegenden Tür. Gedämpft konnte sie einige Stimmen vernehmen, welche vermutlich aus dem Fernseher stammten. Es musste also jemand da sein und somit schied diese Wohnung auch aus. Leise folgte Bonnie den Treppenstufen nach oben. Sie erinnerte sich, dass die Fenster der oberen linken Wohnung mehrere große Löcher aufwiesen. Aller Wahrscheinlichkeit nach war sie somit nicht bewohnt und kam somit ebenfalls nicht in Betracht. Übrig blieb also die obere rechte Wohnung. Trotz intensiven lauschens konnte Bonnie keine Geräusche aus der Wohnung heraus vernehmen, was diesmal ein gutes Zeichen war. Sie legte den Schürhaken beiseite und stellte ihre Handtasche auf dem Boden ab. Ed sollte nach Möglichkeit nicht merken, dass jemand in seiner Wohnung war.

Zum Glück wies seine Wohnungstür noch ein altes Buntbartschloss auf. Bonnie öffnete die Handtasche, nahm ein altes Geschirrtuch hervor und wickelte es auseinander. Die zusammengesuchten Schlüssel, welche zum Vorschein kamen, probierte sie nach und nach aus. Leider ließ sich keiner der Schlüssel umdrehen. Bonnie kramte nunmehr einen Satz Inbusschlüssel hervor. Mit einer Zange bog sie einen der Schlüssel zurecht und fing an, damit im Schloss herumzustochern. Mit dem verstreichen der Minuten wurde sie zunehmend nervöser. Als es schließlich *klick* machte, kommentierte sie das Öffnen der Tür leise mit einem "Na also".

Eds Wohnung war schnell durchsucht. Sie enthielt gerade mal das notwendigste Mobiliar. Im Schlafzimmer, ein kleiner Raum mit Dachschräge, stand nur ein Bett und eine Kommode. Das Wohnzimmer bestand aus Couch, Sessel, Tisch und Fernseher. Herd und Kühlschrank bildeten die Küchenzeile. Ed besaß kaum persönliche Sachen. Lediglich eine Schublade in der Schlafzimmerkommode beinhaltete ein paar alte Fotos, Footballkarten, ein Schweizer Taschenmesser und eine schwarze Billardkugel.

Bonnie versuchte alles so zu belassen, wie es war und nicht zu verändern. Ein bisschen komisch war ihr schon zumute, in anderer Leute Sachen herumzuwühlen, obwohl Ed ihr ja eigentlich nicht (oder vielleicht auch doch) fremd war.

Auf dem Wohnzimmertisch lagen zwei Packungen Zigaretten, eine Sportzeitschrift und ein Brief von einem ortsansässigen Stromversorgungsunternehmen.

Sogar im Abfalleimer sah Bonnie nach. Doch auch dort war außer ein paar

Zigarettenkippen, der zusammen geknubbelten Seite einer Tageszeitung von letzter Woche und ein paar leeren Dosen Bier nichts zu finden, was ihr weiterhelfen konnte.

Leise schlich Bonnie aus der Wohnung und zog die Tür hinter sich ins Schloss. Enttäuscht berichtete sie Susanne, dass sie nichts interessantes gefunden habe.

Der Wagen parkte auf der gegenüberliegenden Straßenseite am Ende der Straße. Für den heutigen Tag hatte Susanne sich einen unauffälligen Mittelklassewagen ihrer Firma ausgeliehen. Es war noch sehr früh am Abend. In ein paar Stunden erst würde die Nacht sich gegen den Tag durchsetzen.

Sie saßen nun schon mehrere Stunden im Auto und harrten aus. Vor ungefähr einer Stunde war Ed zurückgekommen und hatte den Wagen auf dem Hinterhof geparkt. Seitdem war nichts mehr passiert und das Warten ging weiter.

Bonnie war für eine Weile verschwunden, weil sie sich die Beine vertreten wollte. Als sie zum Auto zurückkehrte, brachte sie zwei Dosen Cola und zwei Dönertaschen mit. Sofort breitete sich ein herzhafter Geruch im Auto aus. Obwohl Susanne bislang immer derartiges Fastfood abgelehnt hatte, musste sie sich eingestehen, dass sie in den vergangenen Tagen nichts köstlicheres gegessen hatte. Selbst Sushi oder Belugakaviar konnte gegen diesen kulinarischen Hochgenuss aus Lammfleisch und Tzatziki nicht ankommen.

Das Essen war eine schöne Abwechslung und ließ die Zeit ein wenig schneller vergehen. Dennoch erwies sich das Warten als wahre Geduldsprobe. Mittlerweile hatte der Verkehr stark abgenommen. Viele Anwohner waren in ihre Wohnhäuser zurückgekehrt. Die Nacht hatte den Tag abgelöst.

Im Haus Nummer 5 hatte sich in den letzten Stunden nichts getan. Weder kam jemand, noch verließ ein Bewohner das Haus.

Bonnie hatte ihren Sitz ein wenig nach hinten geschraubt und die Augen geschlossen. Ihr ruhiges, gleichmäßiges atmen verriet Susanne, dass sie eingeschlafen war.

Auch Susannes Augenlider wurden immer mehr von der Schwerkraft angezogen. Das untätige Herumsitzen machte sie träge.

Als jedoch auf einmal der hellgrüne Mercedes aus der Hofeinfahrt kam und nach links auf die Straße einbog, war alle Müdigkeit verflogen.

"Bonnie, wach auf. Da ist er."

Nachdem Susanne vor Aufregung den Wagen abgewürgt hatte, fuhr sie nun mit aufheulendem Motor und quietschenden Reifen los. Der Mercedes hatte sich bereits aus ihrem Sichtbereich entfernt. Unter Missachtung der Geschwindigkeitsbegrenzung und eines bevorrechtigten Lkws, welcher nur durch eine Vollbremsung einen Zusammenstoß vermeiden konnte, jagten sie durch die Innenstadt. Vor einer Rotlicht zeigenden Ampel konnten sie den Mercedes wieder einholen. Susanne reihte sich als fünftes Fahrzeug hinter dem Mercedes ein. Einen größeren Abstand wagte sie nicht, da sie befürchtete, an der nächsten Kreuzung nicht mehr die Grünphase nutzen zu können und so abgehängt zu werden.

Der Mercedes folgte einer der Hauptverkehrsadern in Richtung Norden. Nachdem er einige Male abgebogen war, befanden sie sich nunmehr in der Nähe des ehemaligen Hafenbeckens. Der alte Hafen, an dem früher prunkvolle, mit wertvollen Gütern beladene Schiffe geankert hatten, wirkte leer und ausgestorben. Dunkel hoben sich die alten Lagerhallen vom sternenklaren Himmel ab. Das Mondlicht tauchte die alten Häuser in silbern schimmernde Grautöne. Nur gelegentlich kam ihnen ein Auto entgegen. Ein pinkfarbenes Neonschild wies auf die "Bar Monique". Vor dem Eingang unterhielt sich ein Pärchen. Auf Bonnie wirkten sie, als wären sie einem alten 70er-Jahre-Film entsprungen. Sie im grünen Minirock und viel zu kurzen roten Oberteil. Ihre rot lackierten Fingernägel umfassten eine um den Hals geschlungene Federboa. Er mit langen, fettigen Haaren und Hemd aus der Hose. Im Mundwinkel hing eine qualmende Zigarette. Der leichte Nieselregen schien sie nicht zu stören. Im Außenspiegel konnte Bonnie beobachten, wie er die Hände auf ihr Gesäß legte und sie unsanft zu sich heranzog.

Offensichtlich schienen sie ihrem Ziel näher zu kommen. Vom weiten konnte Susanne sehen, dass der Mercedes auf der Ecke zu einer kleinen Seitengasse stehen blieb. Ed stieg aus dem Wagen und verschwand in der Gasse. Da der Motor und die Scheinwerfer noch an waren, trauten sie sich nicht, näher heranzufahren und warteten. Nach einem kurzen Augenblick kam Ed wieder und stieg in seinen Wagen ein. Im Schritttempo setzte er seine Fahrt in die Gasse fort. Susanne schaltete das Licht aus und setzte ihm ebenso langsam nach. Die Leuchtkraft der ohnehin nur spärlich aufgestellten Straßenleuchten erreichte die Gasse nicht. Susanne erahnte mehr die Straße, als das sie sie sah. Erst nachdem sich zwei dunkle Rechtecke vor ihr auftaten, brachte sie den Wagen zum Stillstand. Als sie die Schalterposition der Scheinwerfer auf *on* stellte, erkannte sie, dass es sich bei den Rechtecken um zwei Abfallcontainer handelte.

"So eine Scheiße, der hat uns reingelegt", entfuhr es Susanne.

Im nächsten Moment hatte sie auch schon ihre Tür geöffnet und ging zu den Abfallcontainern, um diese zur Seite zu schieben.

Das Blechfass, welches mit lautem Krachen auf die Windschutzscheibe aufschlug, verfehlte seine Wirkung nicht. Während Bonnie laut aufschrie und ihre Hände schützend vor dem Kopf hielt, brachte Susanne nur ein ersticktes Gekrächze heraus. Durch den Krach aufgeschreckt hatte sie sich ruckartig umgedreht und war einen Schritt zurück, in Richtung der Abfallcontainer gesprungen. Jetzt stand sie bewegungsunfähig mit weit aufgerissenen Augen und offenem Mund vor den Abfallcontainern. Doch nicht das Blechfass machte ihr Angst, sondern die beiden Gestalten, die aus der Dunkelheit auf sie zukamen. In ihren verdreckten und zum Teil zerrissenen Klamotten sahen sie alles andere als vertrauenserweckend aus. Das düstere Spiel der Schatten rundete ihre Erscheinung ab und verfehlte ihre Wirkung auf Susanne durchaus nicht. Noch immer starr vor Schreck drückte sie sich mit dem Rücken gegen den Container. Mittlerweile waren die Gestalten beängstigend nah an sie herangetreten.

"Hey, Schätzchen. Was machst du denn in unserer Gegend. Lass uns doch 'nen bisschen Spaß zusammen haben."

Deutlich konnte Susanne eine stinkende Wolke und eine Schnapsfahne in der Atemluft wahrnehmen, was sie veranlasste, nicht mehr einzuatmen. Erst als die schmuddelige Hand, welche in zerrissenen Fingerhandschuhen steckte, ihr Gesicht berührte, löste sich ihre Starre. Laut kreischend fing sie an, wild und unkontrolliert um sich zu schlagen.

Bonnie erging es derweil nicht besser. Nachdem sie mit Schrecken erkannte, dass sich ein weiterer Schatten von dem Container gelöst hatte und auf sie zukam, drückte sie schnell alle Knöpfe des Wagens herunter. Zum Glück gelang ihr dies noch rechtzeitig, bevor die Schattengestalt den Wagen erreichen konnte. Mit lauten Krachen ließ er seine Hände auf das Autodach niederprasseln. Schließlich stieg er auf den Kofferraum und lief mit lautem Geschrei über das Autodach hinweg nach vorne. Er rutschte die Windschutzscheibe runter und grinste Bonnie mit seinen verfaulten Zähnen an.

"Nun mach schon auf und zier dich nich´ so, Zuckerpuppe. Wie wär´s mit uns beiden. Ich bin ganz geil auf dich. Los, lass es uns tun."

Hilflos und immer noch krampfhaft den Türknopf runterdrückend, schaute Bonnie angewidert auf das Subjekt auf der Windschutzscheibe. Zwischen seinen, zum Teil aufgeplatzten, Lippen streckte er seine Zunge heraus und fing an, an dem abgeknickten Scheibenwischer und der Windschutzscheibe zu lecken. Gleichzeitig machte er mit seiner Hüfte eindeutige auf und ab

Bewegungen. Angeekelt wandte sie ihren Blick ab und schaute sich panikartig und hilfesuchend nach allen Seiten um. Die dunklen Häuserwände links und rechts verstärkten ihr Gefühl, in der Falle zu sitzen. Als sie wieder nach vorne schaute, sah sie Susanne wie wild um sich schlagen, die Gestalt auf der Windschutzscheibe hatte sich entfernt. Die Erleichterung darüber hielt jedoch nur kurze Zeit an. Offensichtlich hatte sich *ihr Verehrer* aus dem Abfall einen alten Eisenstuhl geholt und schlug nunmehr damit gegen die Beifahrertür. Es war nur noch eine Frage der Zeit, bis das Glas zersplitterte und er die Tür öffnete. In Panik glitt sie auf die Fahrerseite, ließ den Motor aufheulen und drückte gleichzeitig auf die Hupe. Als sie die Kupplung kommen ließ, machte der Wagen einen Satz nach vorne. Dies veranlasste die beiden Gestalten von Susanne abzulassen und zur Seite zu springen. Susanne hingegen kletterte auf die Motorhaube und hielt sich an den Scheibenwischern fest.

"Gib Gas!", schrie sie so laut sie konnte gegen das Hupen an. Ohne einen weiteren Moment zu zögern drückte Bonnie das Pedal durch. Mit einem lauten Krachen fuhr sie gegen die Container, welche nach links und rechts gegen die Häuserwände knallten. Nach einigen Metern hielt sie kurz an und ließ Susanne schnell in den Wagen steigen, bevor sie das Gaspedal wieder bis zum Anschlag durchdrückte.

Im Rückspiegel blieb der Schrecken in der dunklen Gasse zurück.

18

Bonnie stand schon auf, als es draußen noch dunkel war. Ihr erster Gedanke galt dem vorigen Abend und dem Zusammentreffen mit den drei Pennern in der dunklen Gasse. Alleine schon die Erinnerung daran rief bei ihr eine Gänsehaut hervor.

Heute war der Tag der Übergabe. Das hieß, wenn Ed sich an die Vereinbarung hielt, musste er heute zu Alex fahren und ein Polaroidfoto von ihr aufnehmen, auf dem sie mit einer aktuellen Ausgabe der Hamburger Morgenpost zu erkennen war. Nach dem Desaster vom gestrigen Abend konnten sie es allerdings nicht noch einmal wagen, hinter ihm herzufahren. Deswegen zog sich Bonnie eilig an und fuhr mit dem Fahrrad zu Eds Wohnanschrift. Noch lag das Haus völlig im Dunkeln. Kein Licht war im Haus zu sehen. Die Bewohner schienen noch zu schlafen.

Im Schutz der Dunkelheit schlich Bonnie auf den Hinterhof. Zum Glück lagen nach hinten heraus keine Fenster, so dass Bonnie ziemlich sicher sein konnte, nicht gesehen zu werden. Erst als sie an dem Mercedes stand, knipste sie die Taschenlampe an und leuchtete das Innere des Wagens ab. Außer zwei zerknüllten Zigarettenschachteln auf dem Rücksitz konnte sie nichts besonderes erkennen. Ein Blick auf den Kilometerzähler sagte ihr, dass der Wagen bereits 248.583 km gelaufen war. Sie knipste die Taschenlampe aus und verschwand ebenso unauffällig und unbemerkt, wie sie gekommen war.

Bonnie begann sich fürchterlich zu langweilen. Es war schon hell und die ersten Kinder gingen an ihrem Beobachtungsposten vorbei zur Schule. Sie saß auf einer Bank am Spielplatz und wartete. Zwischen den Sträuchern hindurch hatte sie einen guten Überblick über die Straße. Deswegen erkannte sie auch sofort den hellgrünen Mercedes, als er auf die Straße bog und in einiger Entfernung an ihr vorbeifuhr. Sofort war sie wieder bei guter Laune. Es war jetzt kurz nach neun Uhr. Aus ihrem Rucksack kramte sie ihre Thermoskanne und ein paar belegte Brote hervor und begann zu frühstücken.

Um zwanzig vor elf Uhr fuhr Ed wieder auf den Hinterhof. Bonnie wartete noch eine Weile, bevor sie die Straße hoch schlenderte. Die Fischermütze hatte sie bis zu den Augenbrauen gezogen, der Schal schützte ihr Gesicht vor der eisigen Morgenkälte und vor allem davor, nicht erkannt zu werden.

Vorsichtig lugte sie in die Hofeinfahrt. Der Mercedes stand wieder an der gleichen Stelle, wie heute Morgen. Bonnie wartete noch einen kurzen Moment und spähte dabei in alle Richtungen. Nichts tat sich. Keiner kam. Keiner ging. Mit schnellen Schritten ging sie auf den Wagen zu und schaute in den Innenraum. Der Kilometerzähler zeigte die Zahl 248.637. Mehr wollte sie nicht wissen. Bonnie war froh, dass sie diesen Ort so schnell wie möglich wieder verlassen konnte. Ein Zusammentreffen mit Ed wollte sie auf alle Fälle vermeiden.

19

Obwohl Ed die Wunde mit Alkohol eingerieben hatte, hatte sie sich entzündet. Bei jeder Bewegung riss die angetrocknete Blutkruste wieder auf und ließ ein wenig Blut nachsickern. Alex hatte das Gefühl, dass sich die Entzündung über ihren ganzen Körper ausgebreitet hatte.

Als sie merkte, dass Ed den Raum betrat, setzte sie sich auf. Nur mühsam schaffte sie es, sich an dem Eisenring in der Wand hochzuziehen und sich schließlich mit dem Rücken gegen die Wand zu lehnen. Doch selbst diese kleine Bewegung kostete sie all ihre Kraft und bereitete ihr solche Schmerzen, dass sie fürchtete wieder bewusstlos zu werden. Indem sie nur auf ihre Atmung bedacht war und sich auf einen Punkt konzentrierte, schaffte sie es, ihre Sinne zu kontrollieren.

Ed stellte derweil zwei Dosen Cola und eingeschweißte Sandwiches neben ihrer Matratze ab. Alex war dankbar dass Ed ihr etwas nahrhaftes mitbrachte. Durch das Fieber hatte sie viel Flüssigkeit verloren. Ihr Körper schien langsam auszutrocknen. Ihre Lippen waren eingerissen, der Mund so trocken, dass sie noch nicht einmal mehr schlucken konnte. Ihre Haut sah grau und spröde aus. Gierig trank sie die Dose Cola in einem Zug leer. Nur die Sandwiches mochte sie nicht anrühren. Essen konnte sie sich jetzt wirklich nicht herunterwürgen.

Dankbar war sie auch für die Abwechslung. Eine Stunde in diesem dunklen Zwinger schien weit länger als 60 Minuten zu dauern. Ein Gespräch, selbst wenn es nur Ed war mit dem sie sich unterhalten konnte, ließ die Zeit ein wenig schneller vergehen und lenkte sie von ihren Schmerzen ab.

"Wo sind wir hier eigentlich?"

"Ist doch egal."

"Dann sag mir wenigstens, wie spät es ist?"

"Gleich zehn" antwortete Ed knapp.

"In dem dunklen Loch hier weiß ich nie, was für eine Tageszeit wir haben. Kannst du nicht einen Moment die Tür offen stehen lassen? Dann sehe ich wenigstens mal wieder Tageslicht und es kommt auch ein wenig frische Luft rein. Ich werde auch nicht um Hilfe rufen oder so."

Im spärlichen Schein der Petroleumlampe schaute Ed auf Alex hinab und verharrte für einige Augenblicke. Durch die Schatten schien sein Gesicht besonders ausgemergelt und seine Augen wirkten finster.

"Bitte", bekräftigte Alex ihr Anliegen.

Ed drehte ihr den Rücken zu und ging zur Tür. Alex glaubte schon, er würde wieder verschwinden, aber er öffnete die Tür und ließ sie offen stehen. Das Licht der Herbstsonne erhellte den Raum. Kühle Luft strömte herein. Alex atmete tief ein, so als sei die Luft ein seltenes und wertvolles Gut.

"Ich bin gerne draußen an der frischen Luft. Mit meinem Sohn fahre ich oft hinaus ins Grüne um seinen Drachen steigen zu lassen. Den habe ich ihm zu seinem 6. Geburtstag geschenkt. Nicht so ein altmodisches Ding aus Holz, sondern ein richtig moderner, windschnittiger Drachen. Fast zwei Meter ist der breit und aus so einem leichten Kunststoffzeug. Von unten sieht er aus wie eine große, schwarze Fledermaus. Wenn die Schnur ganz von der Rolle runter ist, kann man ihn kaum noch am Himmel erkennen, so klein ist er dann. Natürlich kann Jonathan ihn noch nicht alleine halten. Eine kräftige Windböe und er würde glatt mit abheben."

Alex unterbrach ihre Erzählung für einen kurzen Augenblick. Vor ihrem geistigen Auge sah sie sich und Jonathan mit einem Drachen gegen den Wind kämpfen. Jonathans Augen glitzerten vor Freude, während die Sonne seine Sommersprossen hervorkitzelte und der Wind sein Haar wild zerzauste.

"Wenn wir den Drachen wieder eingeholt haben, legen wir uns einfach ins Gras. Wir erzählen uns dann immer wie das wohl ist, wenn wir beide vom Drachen in die Luft gezogen und in den Himmel hineinfliegen würden. Jonathan unterhält sich mit einem Schwarm Vögel und fragt, wo sie denn hinfliegen wollen. Anschließend wünscht er ihnen eine gute Reise. Ich mache es mir auf einer dicken weichen Wolke bequem. Mein Kopf sinkt zurück und wird federnd in der Wolke eingebettet. Ich liege einfach nur da, die Augen offen und denke an gar nichts. Ich fühle einfach nur. Ich fühle mich so leicht und frei von Sorgen. Ein Gefühl der Schwerelosigkeit umgibt mich. Ich werde aus meinen Träumen geholt, als eine kleine Wolkenkugel, leicht wie ein Wattebausch, gegen meine Stirn tippt. Jonathan hat sich einen ganzen Stapel dieser Wattekugeln zurechtgelegt und beginnt jetzt kichernd mich damit zu bewerfen. Natürlich lasse ich mir das nicht gefallen und werfe zurück. Unsere Kugeln werden immer größer. Erst so groß wie Fußbälle und dann sind sie schon so groß wie Gymnastikbälle. Und immer wenn wir von einer Kugel getroffen werden, durchströmt den Körper an dieser Stelle ein wohliges, unbeschreiblich schönes Gefühl. Zum Schluss käbbeln wir noch ein wenig auf den Wolken herum, spielen Fangen oder Verstecken. Auf dem Drachen sitzend gleiten wir dann wieder zurück auf den Boden."

Alex hielt mit ihrer Erzählung inne. Auch Ed sagte nichts. Er hatte sich mittlerweile mit dem Rücken an eine der Säulen angelehnt und hatte sich herunterrutschen lassen. Jetzt saß er mit angewinkelten Beinen auf dem Boden und zündete sich eine Zigarette an.

"Ich weiß eigentlich gar nicht, warum ich dir das alles erzähle. Schließlich kenne ich dich kaum und weiß so gut wie gar nichts von dir. Außer, dass du mich fast abgeknallt hättest."

Ed erwiderte nichts. Er starrte auf seine Zigarette.

"Rauchst du?"

"Ja."

Ed beugte sich vor und reichte ihr seine Zigarette rüber.

"Danke."

Aus seiner Hemdtasche zog er eine neue Zigarette hervor. Mit einem Streichholz entfachte er die Glut. In Gedanken versunken blies er den Rauch in den Raum.

Alex beobachtete ihn mit gemischten Gefühlen. Irgendwie sah er interessant aus und in seiner Art lag etwas verwegenes, was sicherlich seinen Reiz hatte. Das Bonnie ihm verfallen war, erschien ihr jetzt gar nicht mehr so absurd. Alex wunderte sich über ihre Gedanken und erschrak zugleich ein wenig. Nach alledem was er ihr angetan hatte und was sie über diesen Mann wusste, müsste sie ihn eigentlich abgrundtief hassen. Wie konnte sie auch nur ansatzweise etwas positives von ihm denken?

"Das mit dem Schuss tut mir leid."

Wieder starrte er auf seine Zigarette. Bislang hatte er sie noch nicht angeschaut und auch jetzt vermied er jeden Blickkontakt.

"Ich habe noch nie auf eine Frau geschossen. Ich habe überhaupt dieses Ding noch nie benutzt. Aber als du auf einmal auf mich losgingst, da hab ich abgedrückt. Ohne zu überlegen."

Wieder entstand eine Pause. Nur das leise Rauschen des Herbstwindes war zu hören. Es war eine friedliche Stille.

"Ich habe keine Kinder. Wollte auch nie welche haben. Man hat den ganzen Tag nur Kindergeschrei um die Ohren, muss auf sie aufpassen und außerdem kosten die jede Menge Geld. Nee, das muss nicht sein. Es reicht, wenn ich auf mich selbst aufpasse und tun und lassen kann, was ich will. Außerdem kann ich das Geld besser für mich ausgeben."

"Mmh. Ich bin froh, dass ich Jonathan habe. Auch wenn ich ihn nur alle zwei Wochen besuchen darf. Es ist ein schönes Gefühl zu wissen, dass da noch jemand ist, der auf einen wartet. Man ist nicht so alleine. Ich meine von der Familie her. Natürlich habe ich Freunde, aber das ist etwas anderes."

"Warum lebt dein Sohn nicht bei dir?"

Alex ließ sich Zeit für ihre Antwort. Zum einen, weil sie selbst erst über die

Gründe nachdenken musste (obwohl sie das in der Vergangenheit schon so oft getan hatte) und zum anderen, weil sie das Sprechen viel Kraft und Luft kostete. Trotz des hereinwehenden kühlen Herbstwindes hatten sich kleine Schweißtröpfchen auf ihrer Stirn gebildet.

"Irgendwie kam eins zum andern. In der Schule habe ich viel in der Clique herumgehangen. Wir waren alle so richtig gut befreundet. Vor allem nach der Schule haben wir uns immer getroffen und viel Spaß gehabt. Ich hatte ein lausiges Abschlusszeugnis und nichts war mir mehr zuwider, als arbeiten zu gehen. Die eine oder andere Lehre habe ich zwar angefangen, aber meistens bin ich schon nach wenigen Wochen wieder gefeuert worden. Schließlich bin ich von zu Hause ausgezogen, habe in einer WG gewohnt und von Sozialhilfe gelebt. Meine Freunde aus der Clique hatten sich zum größten Teil in alle Himmelsrichtungen zerstreut oder wegen ihrer Jobs kaum noch Zeit. Also hab ich mir andere *Freunde* gesucht. Es fing ganz harmlos an. Hier und da mal einen Joint, einfach nur um gut drauf zu sein. Alkohol und Joints wurden zur Gewohnheit und meine Bekannten wechselten immer häufiger. Nur Tom blieb. Von ihm wurde ich auch schwanger. Es war ein Unfall. Schließlich machten nicht mehr nur Joints die Runde, sondern auch harte Sachen. Und bevor ich kapierte was ab ging, war ich auch schon mitten drin. Und um meine Sucht zu finanzieren, habe ich alles mitgenommen, was nicht niet- und nagelfest war. Gelegentlich bin ich erwischt worden und aus den anfänglichen richterlichen Ermahnungen und gemeinnützigen Arbeiten wurde schließlich eine Haftstrafe auf Bewährung. Bei der nächsten Festnahme platzte die Bewährung und ich kam für sechs Monate in eine Jugendhaftanstalt. Noch während der Haftzeit kam Jonathan zur Welt. Erst zum Ende der Schwangerschaft wurde mir bewusst, wie sehr ich mich auf das Kind freute, wie wichtig es für mich war. Nur seinetwegen habe ich es geschafft, wieder clean zu werden. Doch bis dahin war über das Sorgerecht bereits entschieden worden. Tom lebte in einer festen Beziehung und ging einer geregelten Arbeit nach. Der Richter sah das Kind bei ihm besser aufgehoben als bei mir."

Alex machte eine Pause. Als Ed nichts sagte, ergriff sie wieder das Wort.

"Wie sieht es bei dir mit Familie aus? Hast du Geschwister?"

"Nee. Bin 'n Einzelkind. Vater ist tot und Mutter lebt in einer anderen Stadt. Ist mit 'nem Versicherungsvertreter durchgebrannt. Mit Familie hab ich nichts am Hut. Ich brauche diesen ganzen Familienscheiß nicht. Es ist gut so wie es ist."

Mit dem Absatz seines Schuhs löschte er seine Zigarette, stand auf und ging zur Tür hinaus. Alex sah ihm nach. Durch die offenstehende Tür konnte sie hinter dem Eisengeländer der Treppe den Teil einer alten Lagerhalle erkennen. Die ehemals dunkelroten Ziegelsteine waren so verdreckt, dass sie fast schwarz wirkten. Die Fenster im oberen Teil des Gebäudes waren zum Teil zersplittert. Seitlich der Halle konnte Alex ein Stück freies Gelände erkennen. Von draußen gelangten keine Geräusche in den Raum. Noch nicht einmal Verkehrslärm war zu vernehmen. Ed hatte also Recht als er sagte, hier draußen hört dich sowieso keiner. Als Ed wieder den Raum betrat, hatte er eine Polaroidkamera und eine Tageszeitung dabei. Die Zeitung warf er neben sie auf die Matratze und machte die Kamera startklar.

"O. k. Halt sie hoch."

Er drückte auf den Auslöser. Der Blitz flammte auf und tauchte Alex in ein gleißendes Licht. Ihr Gesicht war blass und ließ ihre Augenringe noch dunkler erscheinen.

"Danke für die Cola" sagte Alex, als Ed sich zum Gehen wandte.

"Mmh."

Nachdem Ed gegangen war, ließ Alex sich seitlich an der Wand runterrutschen, um wieder flach auf der Matratze liegen zu können. Das Sitzen und die Unterhaltung hatten sie sehr viel Kraft gekostet. Sie fühlte sich, als käme sie gerade vom Zirkeltraining. Soweit es die Schmerzen zuließen, versuchte sie sich zu entspannen.

Alex´ Gedanken schweiften zu Bonnie und Susanne. Sie überlegte sich, wie sicher sie sein konnte, dass die Beiden tatsächlich nach ihr suchten. Schließlich hatten sie sich erst vor ein paar Tagen zum ersten Mal getroffen und das auch nur, weil sie zufällig zur gleichen Zeit am gleichen Ort waren und das auch noch aus den unterschiedlichsten Gründen. Überhaupt waren sie so verschieden wie Tag und Nacht. Eine reiche elegante Modezicke, eine naive und labile Buchverkäuferin und eine ehemals drogenabhängige Autoschlosserin.

Nüchtern und objektiv betrachtet war es wenig wahrscheinlich, dass sie sich auf derartig wackeligem Boden begaben. Ed war nun mal nicht ihre Kragenweite. Susanne hatte mit Sicherheit noch nicht mit Typen wie Ed zu tun gehabt, und dass Bonnie ihm nicht gewachsen war, hatte die Vergangenheit gezeigt. Und dass es gefährlich werden konnte, hatte sie am eigenen Leib erfahren. Von ihnen Hilfe zu erwarten war eigentlich nicht sehr wahrscheinlich.

Aber wie so oft ließ sich Alex mehr von ihren Gefühlen leiten. Und diese sagten ihr, dass sie zumindest versuchen würden, ihr zu helfen.

Die Frage war nur, was wussten sie und was konnten sie tun. Offensichtlich schien er sie hier festzuhalten, damit die anderen beiden das Bild beschaffen und gegen sie austauschen sollten. Nur, wie sollte dieser Tausch stattfinden, wenn die anderen Beiden nicht wussten, wo sich das Bild befand? Und selber konnte sie ihm das Bild nicht aushändigen. Das war viel zu gefährlich. Schließlich hatte sie keinerlei Rückversicherung. Sobald Ed das Bild hätte, würde er sie vermutlich hier verrotten lassen oder diesmal besser zielen. Wer einmal auf einen Menschen geschossen hat, der hat beim zweiten Mal mit Sicherheit weniger Skrupel. Von mal zu mal wird es wahrscheinlich immer ein wenig leichter, mutmaßte Alex. Nein, das Bild konnte und durfte sie ihm auf gar keinen Fall aushändigen. Das Risiko war viel zu hoch. Alleine schon für Jonathan musste sie hier heil rauskommen.

Und welche Möglichkeiten hatten Susanne und Bonnie? Zur Polizei gehen? Mit Ed verhandeln? Sie suchen?

Auf jeden Fall wollten sie sich wohl vergewissern, dass sie noch lebt und dass sie sich tatsächlich in seiner Gewalt befindet. Wozu hätte er sonst das Foto gebraucht? Wohl kaum für sein Fotoalbum. Im Moment konnte sie jedoch nichts weiter machen als warten und hoffen.

Alex drehte sich vorsichtig auf die Seite. Noch immer wurde jede Bewegung ihres ausgemergelten Körpers mit stechenden Schmerzen beantwortet, welche ihr die Luft zum Atmen nahmen.

Sobald ihre Gedanken wieder bei Jonathan verweilten und sie mit ihrer Angst kämpfte, ihn nie mehr in die Arme nehmen zu können, glitten ihre Gefühle in eine schwarze Welt ab und sie musste gegen ihre Tränen ankämpfen.

Die Hoffnung führte Alex schließlich wieder zurück zum rationalen Denken. Sie durfte sich jetzt nicht gehen und ihren Gedanken freien Lauf lassen. Nicht in dieser Situation. Um sich abzulenken griff Alex nach der Hamburger Morgenpost. Der schwache Schein der Petroleumlampe gab gerade genug Licht her, um die Zeilen lesen zu können. Normalerweise las sie keine Tageszeitung. Sie war überhaupt nie ein Kind des Lesens gewesen. Die einzigen Bücher die sie je in die Hand genommen hatte bzw. nehmen musste, waren ihre Schulbücher. Wenn sie denn doch mal einen Blick in eine herumliegende Zeitung warf, so interessierte sie ohnehin nur der Sportteil.

Jetzt las sie alles ganz genau, angefangen vom allgemeinen Teil über Politik bis hin zum Feuilleton. Nur für den Wirtschaftsteil konnte sie keine Begeisterung aufbringen. Dafür fanden die Stellenausschreibungen, die An- und Verkaufmärkte sowie die Inserate wieder ihr Interesse. Bei einem besonders hervorgehobenen Inserat der Rubrik *Suche* stockte sie:

Unschuldige Ladendiebinnen suchen Komplizin!

Als Alex die Zeilen des Inserates las, starrte sie zunächst nur auf die Zeitung. Immer wieder las sie den kurzen Text und wusste nicht, was sie davon halten sollte. Ihre Gedanken überschlugen sich. Konnte es sein, dass sie gemeint war? War es nur Zufall? War es geplant? Wie konnten Bonnie und Susanne sicher sein, dass sie das Inserat überhaupt sieht? War das Inserat überhaupt von ihnen? Alex versuchte ihre Gedanken zu ordnen.

Der Text an sich schien keinen Sinn zu ergeben, denn wenn die Ladendiebinnen unschuldig waren, konnte es auch keine Komplizin geben. Außerdem enthielt die Anzeige weder eine Telefonnummer noch sonstige Hinweise über den Inserenten, was für eine Suchanzeige unüblich ist. Dennoch war die Anzeige größer als die anderen und in Fettdruck geschrieben.

Alex war sich sicher, dass es ein Hinweis von Bonnie und Susanne sein *musste*. Sie wollten ein Foto von ihr zum Beweis, dass es ihr den Umständen entsprechend gut geht. Gleichzeitig versuchten sie, ihr auf diese Art und Weise eine Nachricht zukommen zu lassen. Jetzt verstand sie auch, warum Ed sich nicht weiter unter Druck setzte und nach dem Bild fragte. Offensichtlich glaubte er, dass Bonnie oder Susanne es in ihrem Besitz haben oder zumindest wissen, wo es ist.

Alex legte sich auf die Matratze zurück. Zu wissen, dass jemand nach ihr suchte, beruhigte sie ein wenig. Sie hoffte nur, dass sie sich nicht irrte. Sie durfte sich nicht irren.

Hätte Alex zu diesem Zeitpunkt gewusst, dass Ed bereits beschlossen hatte, sie nicht mehr aufzusuchen, wäre all ihre Hoffnung zerbrochen.

20

Als der Wecker klingelte fühlt sich Susanne wie gerädert. Nach dem Schrecken von letzter Nacht konnte sie erst spät einschlafen und wurde die ganze Nacht von Alpträumen geplagt. Das ihr Plan nicht funktioniert hatte und sie immer noch nicht wussten, wo Alex sich befand, schlug sich auf ihr Gemüt nieder. Zudem machte sie sich Vorwürfe, dass sie vielleicht nicht das Richtige getan hatte. Vielleicht hätten sie doch jemanden um Hilfe bitten und es nicht auf eigene Faust versuchen sollen. Was war, wenn etwas Schlimmes mit Alex passierte. Sie hatte es zu verantworten. Vor allem hatte sie es vor sich Selbst zu verantworten, und das war das, was ihr am meisten zusetzte. Mit sich selber ging sie immer sehr hart ins Gericht, urteilte besonders streng. Susanne war sich nicht mehr sicher, ob sie die Sache auch richtig angegangen war. Lustlos und deprimiert begann sie mit ihrer Morgentoilette.

Als sie mit dem Aufzug in die Tiefgarage fuhr und zum Büro fahren wollte, sah sie mit Schrecken das verbeulte Auto. Am Abend zuvor hatte sie die Schäden gar nicht so zur Kenntnis genommen. Der Kofferraumdeckel, das Autodach und die Motorhaube erinnerten stark an Wellblech. Die Beifahrerseite wies tiefe Macken und Kratzer auf, die Scheibe war gesplittert. Insgesamt bot der Wagen einen jämmerlichen Anblick.

Auf der Fahrt zur Arbeit überlegte Susanne, wie sie die Schäden erklären konnte. Sie entschied sich für eine Notlüge. Was konnte sie schon dafür, wenn ihr der Sprit ausging und sie den Wagen in einer dunklen Seitenstraße parken musste. Wenn sie dann am nächsten Morgen mit einem Kanister Benzin wieder am Fahrzeug erschien und es so vorfand, konnte man ihr doch eigentlich keinen Vorwurf machen. Zumindest nicht so richtig.

Im Büro stapelte sich die Arbeit. Mittlerweile war es unverkennbar, dass Susanne ihre Arbeit in den letzten Tagen sträflich vernachlässigt hatte. Die unbeantworteten Telefonanrufe und die gestapelte Post ließen eigentlich keine weiteren Verzögerungen mehr zu. Dennoch kam sie nicht so recht voran, konnte sich nicht konzentrieren. Als sie dann mit der 11.00-Uhr-Post eine Nachricht von Ed bekam, war es mit ihrer Konzentration völlig vorbei. Der braune Umschlag war an sie persönlich adressiert und mit dem Vermerk "Eilt!" versehen. Einen Absender oder Briefmarken wies er nicht auf. Wahrscheinlich hatte er ihn unten an der Pforte abgegeben, mutmaßte Susanne. Mit zittrigen Händen nahm sie den Brieföffner zur Hand und schlitzte den Brief auf. Heraus fiel ein Polaroidfoto und eine handschriftliche Notiz.

Noch lebt sie. Aber das ist die letzte Warnung. Noch so eine Aktion wie gestern Nacht und sie krepiert. Übergabe heute, 21.00 Uhr. Ich melde mich.

Susanne betrachtete das Foto. Alex sah wirklich erbärmlich aus. Die Haare klebten an ihrem Kopf. Das Gesicht war fahl, die Augenringe dunkel. Beängstigender wirkte jedoch der rote Fleck unter ihrer linken Brust. Susanne verschlug es den Atem. Zweifel und Angst stiegen erneut in ihr auf. Schließlich konnte sie es in ihrem Büro nicht mehr aushalten. Sie hatte das Gefühl zu ersticken und brauchte dringend frische Luft. Von unterwegs aus rief sie Bonnie an und verabredete sich mit ihr im Park.

Der Spaziergang tat ihr gut. Obwohl die Sonne schien, waren die Temperaturen um einige Grad gesunken, so dass der warme Atem zu sehen war. Um diese Uhrzeit war der Park wie ausgestorben. Nur ein älterer Mann stand an dem künstlich angelegten Teich und fütterte die Schwäne mit trockenem Brot.

Susanne setzte sich auf eine Bank in der Nähe des Pavillons. Im Sommer spielte dort gelegentlich ein Orchester zur Unterhaltung der Besucher.

Wenige Minuten später erschien Bonnie. Mit Mantel und Schal schützte sie sich gegen die Kälte. Nachdem sie sich ebenfalls auf die Bank gesetzt hatte, packte sie erst einmal ihre Thermoskanne und eine Tüte warmer Croissants aus. Sofort verbreitete sich der süßliche Duft und Susanne fiel ein, dass sie heute noch nicht gefrühstückt hatte.

Die Croissants schmeckten herrlich und der Kaffee weckte ihre Lebensgeister.

"Ohne etwas zu essen gehst du wohl nicht aus dem Haus? Oder ist es wegen der Schwangerschaft", fragte Susanne vorsichtig.

"Das nicht gerade. Aber ich esse nun einmal gerne. Auch wenn mir im Moment gelegentlich immer noch übel wird. In den ersten Wochen der Schwangerschaft habe ich sogar ein wenig an Gewicht verloren."

"Willst du das Kind behalten?"

"Das weiß ich nicht."

Wärmend hielt Bonnie den Becher Kaffee zwischen ihren Händen. Der heiße Dampf stieg in die Luft auf und wurde vom Wind davon geweht.

"Wie kann ich ein Kind von einem Mann bekommen, der mich so mies hintergangen hat. Was ist, wenn es ihm ähnlich sieht. Dann werde ich immer an ihn erinnert. Und vor allem, wie soll ich über die Runden kommen, jetzt wo ich keinen Job mehr habe? Dabei hat mir die Arbeit immer Spaß gemacht. Nach dem Abitur habe ich einen Studienplatz in Germanistik und

Literatur belegt. Mit der Arbeit im Buchladen wollte ich mein Studium finanzieren. Doch dann habe ich immer mehr im Buchladen gearbeitet. Mein Chef hatte finanzielle Probleme und war kurz davor Konkurs anzumelden. Ich habe ihm daher bei der Geschäftsführung geholfen. Vom kaufmännischen Bereich über Buchbestellungen bis hin zum Verkauf habe ich alles gemacht. Und das Geschäft hat sich wieder erholt. An der Uni war ich dadurch immer seltener, bis ich sie schließlich ganz aufgegeben habe.

Mein Chef hat den Laden jetzt verkauft und der neue Besitzer hat mich gefeuert. Angeblich um Betriebskosten einzusparen. Wie soll ich da noch ein Kind versorgen. Und da Ed sich mit Sicherheit nicht an den Unterhaltskosten beteiligen wird, bliebe mir noch die Möglichkeit Arbeitslosengeld zu beziehen. Nicht gerade rosige Aussichten."

"Ja, da hast du Recht. Aber das sind nur deine Lebensumstände, die ehrlich gesagt, beschissen aussehen. Nur wie sieht es mit dir aus? Würdest du denn das Kind haben wollen? Deinetwillen?"

"Ich glaube es wäre schon toll Mutter zu werden oder Mutter zu sein. So ein kleiner Wurm ist bestimmt was unglaublich Schönes. Gut, dass Alex´ Sohn nicht weiß, wie es seiner Mutter geht. Alex vermisst ihn bestimmt sehr."

"Ja, das glaube ich auch. Übrigens hat sich Ed gemeldet." Susanne zog den braunen Umschlag aus ihrer Jackentasche und reichte ihn Bonnie.

Bonnie stand den Tränen nahe, als sie das Foto betrachtete.

"Und das alles meinetwegen."

"Du kannst nichts dafür. Es ist das verfluchte Bild, was ihn interessiert. Wenn wir nur wüssten, wo es ist."

"Und dann?"

"Ich weiß auch nicht. Eine Garantie dafür, dass er uns endlich sagt wo Alex ist, hätten wir dann auch noch nicht."

Eine ganze Zeit lang schwiegen sie. Schließlich erhob sich Susanne.

"Ich muss zurück in mein Büro. Treffen wir uns dort so gegen acht?"

"Ja. Bis dann."

Auf dem Rückweg warf Susanne noch den gestohlenen Dienstausweis des Kommissars in einen Briefkasten. Sie hoffte, dass er ihn auf diesem Weg zurückerhalten würde. Schließlich wollte sie ihm keine Schwierigkeiten bereiten.

"Mon Cheri. Isch bin wirklisch gekrähnkt. Du glaubst gar nischt, war was für eine Schüftereih das war. Das war wirklisch kein Kindärspiel. Alles habe isch stehän und liegän gelassen. Nur für Disch. Und du kommentierst mein Werk bloß mit einem *Aah. Gut.*"

Aufgeregt ging Henri im Büro auf und ab, wobei er seine Hände in komisch skurriler Form von sich spreizte. Die Rüschen an seinem Hemd und der bunte Seidenschal an seinem Hals wehten dabei um seinen Körper. Jetzt spielte er den Beleidigten und sah gekränkt zur Decke hinauf.

Susanne sah ihn schuldbewusst an.

"Henri, es tut mir wirklich leid. Kannst du mir noch einmal verzeihen? Es ist einfach grandios geworden. Was würde ich nur ohne dich machen?"

Henri ließ sich einen Moment Zeit, bevor er antwortete.

"Isch verzeihä dir. Aber nür, weil du so eine entzückände und liebreizände Mademoiselle bist."

Susanne lächelte ihn an. Sie kannte Henri nun schon seit einigen Jahren und wusste, dass er niemandem wirklich böse sein konnte. Dafür hatte er ein viel zu gutes Herz. Sie hatte ihn auf einer Ausstellung für die *Modernen Künste* kennen gelernt. Damals stand er abseits auf der Veranda und weinte vor Wut und Enttäuschung zugleich, da er sich mit seinem Freund gestritten hatte. Susanne hatte ihn damals nach dem Weg zur Damentoilette gefragt, da sie irrig davon ausgegangen war, er sei ein Angestellter des Hauses. Hierauf fing er noch um so heftiger an zu weinen wodurch er die Aufmerksamkeit der Gesellschaft auf sie lenkte. Da er bereits stark dem Alkohol zugesprochen hatte und er ihr leid tat, fuhr sie ihn nach Hause. Am nächsten Morgen fand sie einen riesigen Blumenstrauß, verbunden mit einer Einladung zum Abendessen vor ihrer Wohnungstür. Bei dem Abendessen lernte sie nicht nur seine hervorragenden Kochkünste kennen. Henri entpuppte sich zudem auch als sehr unterhaltsamer und sympathischer Gastgeber. Susanne schätzte ihn sehr als Ratgeber und besonders als Freund.

"Aber jetzt mal im Ernst, Süße." Henri de Chavalieu, der im Rheinland geboren wurde und mit bürgerlichem Namen Frank Reufels hieß, ließ seinen im Urlaub erworbenen französischen Akzent beiseite und sprach Tacheles.

"Du benimmst dich so eigenartig. Ganz anders als sonst. Du wirst doch wohl nicht in Schwierigkeiten geraten oder auf dumme Gedanken gekommen sein."

"Frank, du brauchst dir wirklich keine Sorgen zu machen. Ich kann dir jetzt nicht erklären, warum ich das mache, was ich gerade mache. Nur so viel: Es ist für einen guten Zweck."

"Ich hoffe, du weißt was du tust?"

Ja, das hoffe ich auch, dachte Susanne.

Nervös saßen Susanne und Bonnie im Büro und warteten, dass das Telefon klingelte. Um halb zehn Uhr war es endlich so weit. Susanne nahm den Hörer ab und hörte dem Teilnehmer am anderen Ende der Leitung für einen kurzen Moment zu.

"In Ordnung." Susanne legte den Hörer wieder auf die Gabel.

"Was hat er gesagt?"

"Wir treffen uns in zwanzig Minuten in der alten Weberei an der Cronestraße."

Susanne und Bonnie nahmen Koffer, Ledertasche, Fernglas und Taschenlampe vom Schreibtisch und machten sich auf den Weg.

Seit sie das Büro verlassen hatten, hatte keiner ein Wort gesagt. Jeder wusste, was er zu tun hatte. Jetzt sahen sie das Gebäude der ehemaligen Weberei im Scheinwerferlicht aufleuchten.

Bonnie war die erste, die das Schweigen brach.

"Hast du Angst?"

"Ja, ein wenig."

"Ich auch."

Susanne parkte den Wagen ein wenig abseits und ging alleine auf die Weberei zu. In der einen Hand hielt sie den Koffer, in der anderen die Taschenlampe. Langsam schritt sie auf das dunkle Gebäude zu. Jeder Schritt fiel ihr schwer und je näher sie kam um so größer wurde das Bedürfnis sich umzudrehen und zurückzulaufen. Nur nach vorne gehen und nicht weiter nachdenken. Die Schlinge um ihren Hals schien sich immer weiter zuzuziehen. Aufmerksam spähte sie nach allen Seiten in die Dunkelheit hinein. Es war still. Niemand war zu sehen oder zu hören. Noch nicht einmal Autos fuhren in dieser einsamen Gegend.

Beim Näherkommen bemerkte Susanne die großen Löcher in den Wänden. Die alte Weberei ähnelte mehr einer Ruine als einem Gebäude. Der Boden war matschig. Tief sank sie mit ihren Schuhen ein.

Die Türen des Haupteinganges waren mit Brettern vernagelt. Susanne entschied sich daher durch eines der Löcher hindurch in die Weberei zu gehen. Als sie über den Schutt kletterte, wünschte sie, dass sie keine Schuhe mit hohen Absätzen angezogen hätte.

Als sie durch das Loch kletterte, war sie bis aufs Äußerste angespannt. Alle Muskeln waren bereit sofort zu reagieren. Sie rechnete mit allem. Deswegen spürte sie auch diese Angst, spürte, dass trotz der Kälte ihr Rücken schweißnass war. Susanne traute sich kaum Luft zu holen. Kurz atmete sie ein, hielt die Luft an - lauschte, atmete aus.

Im Gebäude war es noch dunkler als draußen. Sie knipste die Taschenlampe an. Im Schein der Taschenlampe glitzerten die Netze aus Spinnweben, welche zwischen den alten, verstaubten Maschinen oder in den Ecken hingen. Langsam schritt Susanne durch den Raum. Jeder ihrer Schritte hinterließ ein Geräusch und verhallte schließlich in der Luft.

Nach ein paar Schritten blieb sie immer wieder stehen, hielt den Atem an und lauschte. – Nichts. Susanne spürte ihre feuchten Hände und umklammerte die Taschenlampe noch fester. Ihre Anspannung, ihre Angst war jetzt so hoch wie noch nie in ihrem Leben. *Noch mehr und ich falle gleich in Ohnmacht*, dachte sie und ging vorsichtig wieder ein paar Schritte weiter.

"Ich bin hier."

Susanne zuckte zusammen und drehte sich ruckartig in die Richtung, aus der die Stimme kam. Sehen konnte sie ihn nicht, aber sie hatte Eds Stimme erkannt. Langsam ging sie in seine Richtung.

Ed trat hinter einer der alten Maschinen hervor. Susanne ging auf die dunkle Gestalt zu. Sie ging auf die Quelle ihrer Angst zu. Je näher sie ihr kam und je deutlicher sie Ed erkennen konnte, um so mehr nahm ihre Angst ab. Der Dämon in ihrem Kopf entwickelte sich zu einem Menschen aus Fleisch und Blut. Wenige Meter vor ihm blieb sie stehen. Ed stand jetzt vor einem der großen Fenster. Durch die zerbrochenen Scheiben schien das fahle Licht des Mondes herein und ließ Susanne schemenhaft seine Gesichtszüge erkennen. Und im Schein ihrer Taschenlampe erkannte sie auch den Revolver, welcher in seinem Hosenbund steckte.

Obwohl Susanne glaubte nunmehr ihre Angst kontrollieren zu können, musste sie ihre Zähne zusammenbeißen und all ihren Mut aufbringen, um weiter auf Ed zuzugehen.

"Stop."

Vorsichtig ging sie in die Hocke, stellte den Koffer auf den Boden und öffnete ihn. Nachdem sie die Taschenlampe in den Koffer gelegt hatte, ging sie ohne Ed auch nur für einen Moment aus den Augen zu lassen einige Schritte rückwärts.

"Wo ist das Bild?"

"Bonnie hat es. Sie wartet draußen auf der Straße. In dem Koffer liegt auch ein Fernglas. Wenn du zweimal mit der Taschenlampe aufblinkst wird sie das Bild herausholen und es in deine Richtung zeigen. Du kannst dann sehen, dass wir es wirklich dabei haben."

"Ihr kommt euch wohl besonders clever vor? Was glaubt ihr wer ihr seid? Sherlock Holmes und Dr. Watson?", spottete Ed und schaute gleichzeitig auf die Straße hinaus.

"Nein. Aber wir wollen heil hier rauskommen. Ohne eine Kugel abzubekommen, verstehst du. Bonnie wird in sicherer Entfernung hinter uns herfahren. Erst wenn wir bei Alex sind, findet der Tausch statt. Das Bild gegen uns drei, sozusagen. Dass wir es ernst meinen, siehst du an dem Geld."

Ed schaute auf den Koffer. Eine ganze Zeit lang sagte und tat er nichts. Dann setzte er sich in Bewegung, nahm die Taschenlampe und das Fernglas aus dem Koffer. Ohne Susanne aus den Augen zu lassen ging er zur Maueröffnung zurück und ließ die Taschenlampe zweimal aufleuchten. Er wartete.

Endlich trat Bonnie aus dem Schatten hervor und stellte sich unter eine Straßenlaterne. Aus einer Ledertasche zog sie das Bild hervor und hielt es in Eds Richtung.

Durch das Fernglas betrachtete Ed das Bild.

"Da ist ja das gute Stück."

Ed hatte genug gesehen. Er legte das Fernglas zurück in den Koffer und hob ihn auf. Dann zog er den Revolver aus seinem Hosenbund und deutete Susanne mit einer Handbewegung in Richtung Ausgang zu gehen.

"Also los. Du gehst vor."

Susanne war mehr als mulmig zumute. Es lief zwar alles nach Plan, aber sie waren noch lange nicht in Sicherheit und vermutlich auch noch meilenweit von Alex entfernt.

Susanne krabbelte durch das Loch im Mauerwerk, durch das sie auch das Gebäude betreten hatte. Ed folgte ihr, mit der Waffe in der Hand.

"Wo steht der Mercedes?"

Ed kam nicht mehr dazu die Frage zu beantworten. Denn hinter seinem Rücken hörte er ein metallenes Geräusch, welches ihn aufhorchen ließ. Das gleiche Geräusch hatte er in seiner Wohnung gehört, als Eisenzange und der Fettsack mit den roten Haaren aufgetaucht waren. Ed erinnerte sich nur zu gut an das Zuschnappen der silbernen Feuerzeugkappe.

"Guten Abend, Ed." Die Stimme klang kalt und tonlos.

Ed drehte sich langsam um. Sein Revolver hing am langen Arm herunter. Er hatte sich nicht getäuscht. Fettsack lehnte links neben dem Loch, durch das er soeben durchgeklettert war und blies den Rauch seiner Zigarillo in die Luft.

"So, ist es recht. Alles schön vorsichtig machen. Bodo wird so leicht nervös." Mit einem Kopfnicken wies er auf Bodo. Rechts neben dem Loch stand Bodo bzw. Eisenzange, wie Ed ihn nach seinem ersten Zusammentreffen getauft hatte. Die große, massige Gestalt und vor allem die Pistole, mit der er auf Ed zielte, verfehlten ihre bedrohliche Wirkung nicht.

Auch Susanne war sofort klar, dass das Auftauchen der beiden Typen weitere Schwierigkeiten mit sich bringen würde. Vielmehr steckten sie schon mitten drin in diesen neuen Schwierigkeiten, denn Bodo hielt Bonnie mit seinem Arm so mühelos umklammert, wie ein Kind seine Barbiepuppe trägt.

Der dicke Typ mit der Zigarillo hielt die Ledertasche mit dem Bild in der Hand.

"Und jetzt weg mit der Waffe und her mit dem Koffer."

Ed stand unschlüssig da. Die Fäden glitten ihm aus der Hand. Erst die Weiber und jetzt tauchte der Fettsack auch noch auf. Aber die Pistole in Bodos Hand war ein überzeugendes Argument.

"Das Geld gehört mir", wagte Ed einen zaghaften Widerspruch.

"Vergiss es. Dir gehört noch nicht einmal mehr dein mieses Leben. Du hattest deine Chance. Ich habe dir genug Zeit gelassen, aber du hast jämmerlich versagt. Und jetzt her mit dem Geld."

Ed zögerte.

"Weg mit der Waffe", kam es jetzt von der anderen Seite. Es war das erste Mal, dass er Bodo sprechen hörte. Wie eine Statur stand er da. Mit dem einen Arm hielt er Bonnie fest im Griff und richtete gleichzeitig die Waffe auf Ed.

Ed sah ein, dass ihm keine Wahl blieb. Wenn er nicht bald seinen Revolver fallen ließ, würde Bodo ihn eiskalt abknallen. Vielleicht hatte er noch eine Chance, wenn er tat was sie wollten.

"Also gut."

Ed war gerade im Begriff seinen Revolver und den Koffer auf den Boden zu legen, als Bonnie in Aktion trat. Bisher hatte sie mit weit aufgerissenen Augen wie erstarrt in seinem Griff gehangen. Jetzt holte sie unvermittelt aus und trat Bodo mit voller Wucht auf den Fuß, so dass erst ein Knacken und dann ein Aufschrei die Stille durchbrach. Bodos Schock dauerte nur den Bruchteil einer Sekunde an, doch genau diesen Moment nutzte Ed für sich aus. Er riss seinen Revolver hoch und feuerte ohne richtig zu zielen in Bodos Richtung. Viermal durchbrach ein lauter Knall die Luft.

Von diesem Moment an war Susannes Wahrnehmung so intensiv, dass sie alle Ereignisse wie in Zeitlupe wahrnahm. Sie sah das Mündungsfeuer aus Eds Revolver. Einmal, zweimal, dreimal. Bodos Kopf flog nach hinten, als die Kugel sich unter sein rechtes Auge bohrte. Hinter ihm spritzte das Mauerwerk weg. Der Schuss aus seiner Waffe löste sich erst, als sein massiger Körper zu Boden fiel. Ed sackte zusammen und blieb auf der Seite liegen. Der Koffer fiel zu Boden und öffnete sich. Ein leichter Windzug ließ ein paar Geldscheine über den Boden wehen.

Bonnie, welche sich nach ihrem Fußtritt aus der Umklammerung herausgewunden hatte, stand ebenso erstarrt da, wie der dicke Typ an der Mauer. Sein Zigarillo hing schräg in seinem Mundwinkel, die Ledertasche glitt aus seinen wurstigen Fingern und fiel zu Boden.

Einen Moment lang wirkte die Szenerie wie eingefroren. – Bodo lag leblos auf dem Rücken mit weit aufgerissenen Augen. Ein Rinnsal aus Blut lief unter seinem Auge her, sein Kopf lag in einer roten Pfütze. Bonnie und der dicke Typ standen noch immer wie versteinert da. Ed lag auf der Seite und umklammerte seinen Oberschenkel. Nur die Geldscheine bewegten sich im leichten Abendwind.

"Laaauuf Bonnie, laaauuf!"

Susanne schrie so laut sie konnte. Wie vom Teufel gehetzt rannten Bonnie und Susanne zur Straße zurück. Als Susanne auf dem unebenen, matschigen Boden zu Fall kam, schaute sie ein letztes Mal zurück.

Ed hatte sich halb aufgerichtet und zielte mit seiner Waffe auf den dicken Typ. Trotz seiner Fettleibigkeit versuchte er sich mit einem Sprung durch das Loch in der Mauer zu retten. Mitten in der Bewegung zuckte sein Körper jedoch zusammen. Erneut peitschten zwei Schüsse durch die Nacht.

Sofort stand Susanne wieder auf und rannte von Todesangst getrieben so schnell sie konnte, ohne sich noch einmal umzusehen. Das Klicken des leeren Revolvers hörte sie nicht mehr.

Beide rangen nach Luft, als sie das Auto erreichten. Mit zittrigen Händen kramte Susanne nach dem Autoschlüssel. Bonnie fasste sich in ihre dichten Haare und ging jammernd auf und ab.

"Oooh mein Gott. Oooh mein Gott. Oooh mein Gott."

Die Schmerzen in seinem Oberschenkel waren kaum auszuhalten. Dennoch humpelte Ed zu dem Loch in der Mauer und hielt nach Fettsack Ausschau. Der lag, alle viere von sich gestreckt, mit seinem fetten Gesicht auf dem Boden. Neben ihm lag sein silbernes Feuerzeug. Ed hob es auf und steckte es in seine Hosentasche. Er wischte die Fingerabdrücke von seinem leeren Revolver und tauschte ihn gegen Bodos Pistole. Dann nahm er die Ledertasche mit dem Bild an sich und humpelte, mit zusammengebissenen Zähnen, zu dem Koffer zurück. Eilig sammelte er einige umherwehende Geldscheine ein, denn die Zeit war jetzt sein größter Feind. Er musste sich schnell in Sicherheit bringen. Nur unter größten Anstrengungen schaffte er es gegen seine Schmerzen anzukämpfen und sich zu seinem Wagen zu schleppen.

Bislang schien noch niemand Notiz von der Schießerei genommen zu haben. Die Straße lag einsam und verlassen da. Keine Menschenseele weit und breit. Fast friedlich, lägen da nicht zwei Tote.

Nahe der Stadtgrenze hielt Ed an einer entlegenen Telefonzelle an. Es dauerte einige Minuten, bis er *Moskito* endlich am Draht hatte. Ed kam kurz die Erinnerung an ihr letztes, für ihn sehr schmerzvolles, Zusammentreffen. Doch er hatte keine Wahl. *Moskito* war der einzige, der ihm jetzt helfen konnte.

"Hier ist Ed. Ich brauche deine Hilfe."

Als keine Antwort erfolgte, fuhr Ed fort. "Ich muss mal für eine Weile untertauchen. Kannst du mir eine Adresse nennen?"

"Wird dich aber etwas kosten. 3.000,- DM. Cash und im Voraus."

"In Ordnung."

Moskito nannte ihm eine Adresse und legte auf.

Bonnie bemerkte schon seit mehreren Minuten, dass Susanne kreuz und quer und ohne ein erkennbares Ziel durch die Stadt fuhr.

"Wo fährst du hin?"

"Ich, ich weiß nicht", antwortete Susanne unsicher. "Wo sollen wir denn hin?"

"Glaubst du, dass Ed hinter uns her ist?"

"Ich weiß es nicht. Ich weiß nicht mehr, was ich glauben oder denken soll. Ich weiß nur, dass da jetzt zwei Tote liegen. Und irgendwie hängen wir da mit drin. Irgendwie sind wir mit Schuld. Ich bin Schuld."

Tränen kullerten aus Susannes Augen und liefen ihre Wangen entlang. Das anfänglich leise Schluchzen wurde immer lauter. Susanne steuerte einen Parkplatz an und stellte den Motor aus. Mit tränenerstickter Stimme fuhr sie fort. "Ich habe alles falsch gemacht. Ich und mein Plan. Wie konnte ich nur so dumm, so überheblich sein und denken wir schaffen das alleine. Wenn wir ihm nur sofort das Geld und das Bild gegeben hätten. Wenn wir nur zur Polizei gegangen wären. Wenn wir was auch immer getan hätten, nur nicht das. Dann wären diese Menschen jetzt nicht tot und wir wüssten, wo Alex ist. Mein Gott, was hab ich getan?"

Susanne weinte hemmungslos.

Bonnie sagte nichts. Sie wartete solange, bis Susannes Tränen langsam versiegten.

"Vorher weiß man nie, was richtig oder falsch ist. Keiner weiß das. Ich glaube auch nicht, dass er Alex hätte gehen lassen, wenn er das Bild und das Geld bekommen hätte. Und ob die Polizei uns geglaubt hätte? Wer weiß das schon. Und was die Sache mit der Schuld angeht, so betrifft sie in erster Linie mich, denn ohne mich wärt ihr gar nicht in dieser Situation. Weder Alex noch Du."

"Und was machen wir jetzt? Wo sollen wir jetzt hin?" In sich zusammengesunken saß Susanne hinter dem Steuer und starrte auf das Lenkrad, so als könnte sie dort die Antwort auf ihre Frage ablesen. Ihre Hände zitterten.

Bonnie stieg aus, ging um den Wagen herum und öffnete die Fahrertür.

"Lass mich fahren."

Susanne rutschte rüber. Erst als Bonnie den Wagen wieder zum stehen brachte, schaute Susanne wieder auf. Jetzt erst erkannte sie, dass Bonnie zu Alex´ Wohnanschrift gefahren war.

"Mir ist zwar auch nicht so ganz wohl dabei, aber für heute Nacht sind wir hier sicher. Ed wird uns hier nie im Leben vermuten."

Ein wenig befremdet gingen sie zu Alex Wohnung hoch. Noch immer wies die Tür Aufbruchspuren auf und war aufgrund dieser Beschädigungen ohne weiteres zu öffnen.

Für beide begann eine Nacht voller Alpträume und wirrer Gedanken, eine Nacht geprägt von schmerzenden Gefühlen und Tränen.

Auch Ed hatte mittlerweile sein Ziel erreicht. Ein wenig verunsichert klopfte er an die Tür. Er hatte eine dreckige kleine Absteige in einer dunklen Gasse erwartet. Statt dessen stand er jetzt vor einem viereckigen weißen Bungalow, welcher inmitten eines gepflegten Gartens lag und von einer weißen Steinmauer eingezäunt war. Sofort wurde ihm die Tür geöffnet. Ein Mann mittleren Alters, mit Strickjacke und Pantoffeln an den Füßen, erschien im Türspalt.

"Wer sind Sie?"

"Ed. Moskito hat mir ihre Anschrift genannt."

Die Tür schwang auf und Ed betrat das Haus. In der einen Hand hielt er die Ledertasche, der Koffer mit dem Geld klemmte unter seinem Arm. Die andere Hand steckte in seiner Jackentasche und umfasste den kalten Griff der Pistole.

Ohne ein weiteres Wort humpelte er dem Hausherrn durch den großen Flur hinterher. Neben den Treppenstufen öffnete er eine Tür. Die Treppenstufen führten nach unten. Ed hatte Schwierigkeiten zu folgen. Bei jeder Stufe durchfuhr ein stechender Schmerz seinen Oberschenkel. Als sie endlich unten ankamen, war er schweißgebadet.

Über einen kleinen, weiß gekachelten, Flur gelangten sie in einen Kellerraum, welcher mit Bett, Tisch, Stuhl und einem Schrank ausgestattet war.

Mit einem Stöhnen ließ sich Ed auf das Bett fallen.

"Haben Sie das Geld?"

Ed zog das abgezählte Geld aus seiner Hosentasche und reichte es wortlos weiter. Er hielt es für sicherer, wenn sein *Gastgeber* nicht wusste, das in dem Koffer noch mehr Geld war.

Nach einem prüfenden Blick auf die Geldscheine ließ dieser das Geld in seiner Strickjacke verschwinden.

"Sind Sie mit dem Auto gekommen?"

"Ja. Es steht ein Stück weiter oben an der Straße."

"Geben Sie mir den Schlüssel."

Ed fragte nicht, warum er die Autoschlüssel haben wollte, sondern gab sie ihm einfach. Er war dankbar, dass er zumindest vorerst in Sicherheit war und er war dankbar, dass er nichts erklären musste. Erschöpft ließ er sich auf den Rücken fallen.

21

Am nächsten Morgen machte Ed sich schon zeitig auf den Weg. Der Boden in Deutschland wurde ihm langsam zu heiß unter den Füßen. Er wusste nicht, ob die Frauen schon bei den Bullen oder ob sie ihm selber schon auf die Spur gekommen waren. Das Beste war, erst einmal im Ausland unterzutauchen. Das Wertvollste was er besaß oder je besessen hatte, befand sich in dem Koffer und in der Ledertasche. Etwas anderes hielt ihn nicht hier. Ed bedauerte nur, dass er nicht mehr in seine Wohnung zurückkonnte, um seine Baseballkarten mitzunehmen. Einen Gedanken an Alex oder daran, ihren Aufenthaltsort mitzuteilen, verschwendete er nicht.

Seine Wunde blutete kaum noch. Ed war verwundert, was für ein kleines Loch die Kugel auf seinem Oberschenkel hinterlassen hatte. Dadurch waren die Schmerzen jedoch nicht geringer. Jede Bewegung seines Beines wurde mit einem stechenden Schmerz quittiert. Ed vermutete, dass sein Oberschenkelknochen die Kugel aufgehalten und so ihr Austreten verhindert hatte.

Im Schrank fand Ed Ersatzkleidung vor. Er tauschte seine blutverschmierte Hose gegen eine braune Cordhose. Auch seine Jacke wechselte er vorsichtshalber aus, falls ihn doch jemand gesehen hatte.

Im Haus traf Ed niemanden mehr an. Sein Wagen parkte in der Garage. Der Schlüssel steckte im Zündschloss.

Ed kam gut voran. Die Grenze nach Dänemark hatte er schnell erreicht. Auch die Grenzkontrolle stellte kein Problem dar. Nur flüchtig warf der Beamte an der Grenzstation einen Blick in seinen Pass, bevor er ihn durch die Grenzstation durchwinkte.

Nachdem Ed schon mehrere hundert Kilometer zurückgelegt hatte, neigte sich seine Tanknadel langsam dem roten Bereich zu. Er steuerte seinen Wagen von der Autobahn runter, um eine kleine Ortschaft anzufahren. Dort wollte er erst einmal frühstücken, den Wagen auftanken und ein wenig ausruhen. Der permanente Schmerz in seinem Bein zerrte stark an seinen Kräften. Eine größere Pause wollte er jedoch erst einlegen, wenn er mit der Fähre nach Norwegen übergesetzt war.

Vorher benötigte er noch ein wenig Geld aus dem Koffer, welches er gegen dänische Kronen wechseln konnte. Ed brachte den Wagen abseits der Straße an einem Waldgebiet zum Stehen und stieg aus. Genüsslich steckte er sich eine Zigarette an, holte den Koffer heraus und setzte sich mit dem Koffer auf den Knien auf den Kotflügel. Mit seinen Daumen ließ er die Riegel aufschnappen. Langsam, mit einem Gefühl des Triumphes, öffnete er den Deckel. Der Anblick war herrlich. Artig in Reihen gestapelt lagen die Geldbündel da und warteten darauf, von ihm angefasst und ausgegeben zu werden. Fasziniert schaute er auf das Geld, während er tief den Rauch der Zigarette einatmete. Als er eines der Pakete aus der Mitte herausnahm, störte das sein Gefühl für Symmetrie. Wie kleine Bauklötze begann er die Geldbündel erneut zu stapeln und so in Reihe zu legen, bis seine kleine Bündelgarnison wieder komplett und vollständig aussah. Das übriggebliebene Bündel brauchte er, um ein paar Scheine gegen dänische Kronen einzutauschen.

Als Ed mit seinem Fingernagel die Banderole aufritzte, vernahm er ein leises Zischen. Noch ehe er verstand was los war, spritzte die Farbe des Security-Packs auch schon in alle Richtungen.

"Scheiße, scheiße, scheiße", fluchte Ed als er sah, dass sich die lila-rote Flüssigkeit nicht nur über seine Hände und sein Hemd, sondern vor allem über das Geld in dem Koffer verteilte. Wie von einem Skorpion in den Hintern gestochen sprang er vom Kotflügel und schüttete den Inhalt des Koffers auf der taufrischen Wiese aus. Hierdurch schien sich die lila-rote Flüssigkeit mit dem Raureif nur noch mehr Epidemie artig auszubreiten. Laut fluchend hob er eilig die gesunden Einheiten seiner Bündelgarnison wieder auf und legte sie auf die Motorhaube. So schnell er konnte, versuchte er die eingefärbten von den noch saubereren Geldscheinen zu trennen. Als ihm dieses nach mehreren Minuten höchster Hektik gelungen war, trat er ein Stück zurück und starrte ungläubig und mit traurigem Gesicht auf seine angeschlagene, unordentliche Bündelgarnison. Kaum ein Bündel war nicht von der roten Seuche befallen. Über die Hälfte der Scheine lag verletzt, blutüberströmt im Gras.

Ed beugte sich auf die Motorhaube herab und begutachtete jedes Bündel mit Argusaugen. Nichts. Nichts deutete darauf hin, dass noch mehr Bündel präpariert waren. Vorsichtig nahm er jedes einzelne in die Hand und begutachtete es von allen Seiten. Trotzdem, ein Risiko wollte er nicht mehr eingehen. Nacheinander entfernte er alle Bündel von den Banderolenfesseln. Langsam, als ob er eine Stange Dynamit in der Hand halten würde, riss er die Banderole auf oder schob sie vorsichtig herunter. Trotzdem mussten noch zwei weitere Bündel durch eine gemeine Farbmine ihr Leben lassen.

Enttäuscht setzte er sich in den Wagen, ließ seinen Kopf auf das Lenkrad fallen und verharrte in dieser Position. Zum Glück hatte er noch das Bild. Er würde zwar nicht die vollen 1,5 Millionen erhalten, da Diebesgut immer unter

Wert verkauft wurde, aber es würde ihm auf jeden Fall eine Menge Geld einbringen.

Erst nachdem sich das mulmige Gefühl von seinem Magen einen Weg in seinen Kopf bahnte, löste Ed sich aus seiner Bewegungslosigkeit und hob den Kopf an. Was ist, wenn mit dem Bild auch etwas nicht stimmte? Mit vor Aufregung rotem Kopf griff er nach der Ledertasche. Als er das Bild schon herausziehen wollte, kam ihm die Idee, dass es ebenfalls mit einer Farbmine versehen sein konnte. Vorsichtig griff er mit seinen Händen in die Tasche und fühlte den Rahmen und das Bild nach einem Kontakt oder ähnlichem ab. Seine schlanken Hände konnten nichts Außergewöhnliches ertasten. Ed entschärfte das Bild schließlich, indem er es in Zeitlupe herauszog. Goldfarbend glänzte der Rahmen im schwachen Sonnenlicht. Der Ritter blickte entschlossen drein. Die Mähne seines prächtigen Pferdes wehte ebenso im Wind wie die Fahnen auf der Burg. Es war das erste Mal, dass Ed sich das Bild genauer anschaute. Wie konnte er nur sicher sein, ob es sich auch um das Bild handelte, wofür er es die ganze Zeit gehalten hatte. Ganz nah hielt er es vor seinen Augen und begutachtete es. Winzig kleine Risse durchzogen die Farbe auf dem Bild. Offensichtlich hatte die Zeit ihre Spuren hinterlassen. Auch der Rahmen schien schon ein wenig in Mitleidenschaft gezogen zu sein. Hier und da war eine kleine Macke zu erkennen, fehlte ein wenig Farbe. Ed war erleichtert. Wenn der Zahn der Zeit bereits an dem Bild genagt hatte, so musste es sich also um ein altes Stück handeln. Dies wiederum bedeutete, dass er auch wirklich das Original und somit ein Vermögen in der Hand hielt. Ein Grinsen umspielte Eds Lippen. Wie ein rohes Ei hielt er das Bild in seinen Händen. Als er es wieder vorsichtig in die Ledertasche zurückschieben wollte, sah er es. Erst war es nur ein kleiner, weißer Balken an der Rückseite des Holzrahmens, welcher unter der bemalten Leinwand hervorlugte. Nachdem er jedoch an dieser Stelle die Leinwand ein wenig vom Rahmen gelöst hatte, blickte ihn das Preisetikett eines bekannten Baumarktes an. Nur noch ein Gedanke kreiste in Eds Kopf. Ein anderthalb Millionen Mark teures Bild in einem Holzrahmen für 79,95 DM oder waren es 79,90 DM? Durch die braune Farbe war die letzte Zahl ein wenig verschmiert. Genau das Braun, in der die Burg auf der Vorderseite gemalt war.

"N-e-e-e-i-n."

Hektisch und mit fahrigen Fingern riss Ed die Leinwand vom Rahmen. Auch in den Ecken war Farbe auf den Holzrahmen abgefärbt.

"Nein. Nein. Nein. Nein."

Ed sprang aus dem Wagen und ließ das Bild laut schreiend so oft gegen den nächsten Baum krachen, bis er nur noch ein paar kleine Holzstücke des Rahmens in den Händen hielt. Betäubt von seiner Wut spürte er nicht einmal mehr die Schmerzen in seinem Oberschenkel. Erst als er die Überbleibsel des Bildes in den Boden stampften wollte kamen sie ihm wieder stechend in Erinnerung. Voller ungebändigtem Hass fing er an aus Leibeskräften zu schreien.

"U-u-u-a-a-a-g-h-h-h. Diese verdammten Weiber. Diese blöden Fotzen. Ich mach sie alle. Ich bring sie um. Ich fahr zurück und bring sie um. Aaaahhhh."

Mit einem lauten Knall durchbrach jeder einzelne Schuss die Stille des Waldes und schreckte einige Vögel auf. Ed hörte erst auf zu schießen, als das Magazin leer war. Mit einem grölenden Urschrei warf er die Pistole so weit er konnte.

Das Gelände war weiträumig mit Flatterband abgesperrt. Trotz der frühen Morgenstunden standen schon einige Schaulustige hinter der Absperrung und beobachteten das Geschehen. Auch die ersten Reporter der lokalen Presse waren schon vor Ort. Aus der Ferne konnte Thoms beobachten, wie zeitgleich mit ihm das erste Kamerateam eintraf und sich kurz mit dem Vater von einem der beiden Schüler unterhielt. Die beiden Kinder hatten das Gelände der alten Weberei als Abkürzung für ihren Schulweg gewählt und dabei die Toten entdeckt. Er sah auch, als würde der Reporter dem Vater etwas zu stecken. Thoms war sich sicher, dass da einige Geldscheine seinen Besitzer wechselten. Schon flackerte der Scheinwerfer über der Kamera auf und der Reporter hielt dem Jungen sein Mikrofon unter die Nase.

Die Kollegen der Spurensicherung hatten schon mit ihrer Arbeit begonnen. Vor und innerhalb der alten Weberei waren kleine Täfelchen mit Nummern aufgestellt. Diese bezifferten eine besondere Stelle im Tatortbereich. Vor Bodos Leichnam war die Ziffer 13 aufgestellt. Der neben ihm liegende Revolver war mit einer 12 gekennzeichnet. Eine Beamtin fertigte Fotos der verschiedenen Spuren an. Oberkommissar Hauff kniete über dem Leichnam und durchsuchte ihn nach Ausweispapieren. In seiner Jackentasche wurde er fündig.

"Bodo Hellmich", las er vom Führerschein ab.

"Kein Wunder, dass es den schließlich auch erwischt hat. Guten Morgen Martin."

Martin schaute hoch. "Ah, Morgen Chef. Du kennst den Toten?"

"Ja. Ein kleiner Gangster aus dem Milieu mit mehr Muskeln als Hirn. Er war sozusagen das Kehrblech für "Kalle" oder Karl Fromm, wie er mit bürgerlichem Namen heißt."

"Hieß", verbesserte ihn Hauff. "Der liegt nämlich da vorne. Direkt hinter dem Loch in der Mauer. Hat zwei Kugeln im Rücken und ist mausetot. Tja, diesmal war der Dreckhaufen wohl zu groß. Es sieht so aus, als hätte hier eine Art Übergabe stattgefunden. Zwischen ein paar Steintrümmern haben wir einige Geldscheine aufgefunden. Sabine hat sie in der Tüte hier asserviert."

Martin zog aus seiner Jackentasche eine Plastiktüte mit einigen Hundert-Mark-Scheinen hervor. "Bei der Übergabe scheint etwas mächtig in die Hose gegangen zu sein."

"Ja, sieht ganz so aus. Was ist mit dem Blutfleck da vorne?", fragte Thoms mit Blick in Richtung Tafel Nummer 11. Diese bezeichnete einen Blutfleck einige Meter von Bodos Leichnam entfernt.

"Der Blutfleck scheint von einer dritten Person zu stammen. Hier scheinen sich überhaupt eine ganze Menge Leute herumgetrieben zu haben. Sabine hat sogar eine Schuhabdruckspur von einem Damenpumps gefunden. Sie ist gerade dabei ihn mit Gips auszugießen, obwohl ich eigentlich nicht glaube, dass unser Mörder eine Frau ist. Das passt eigentlich nicht zu unserer milieubekannten Kundschaft."

Nur wenige Augenblicke später musste Hauff allerdings seine Äußerung korrigieren. "Oder sollte ich mich etwa getäuscht haben?" Mit zusammengezogenen Augenbrauen betrachtete er ein Foto, welches er in der Hemdtasche des Toten gefunden hatte.

"Das gibt es doch nicht", entfuhr es Thoms, als er über Hauffs Schulter hinweg einen Blick auf das Foto warf.

"Was gibt es nicht?", wollte Hauff wissen. Doch ohne ein weiteres Wort der Erklärung nahm Thoms ihm das Foto aus der Hand und steckte es kopfschüttelnd in seine Jackentasche. Nachdenklich ging er zu seinem Wagen zurück.

Thoms saß in seinem Büro und betrachtete das Foto. Die drei Personen auf dem Foto, welche gerade die Galerie verließen, waren ihm nur zu gut bekannt. "Da Vinci" prangte in großen Lettern über dem Eingang. Nur was hatten die drei Frauen mit dem Mord an Bodo Hellmich zu tun? Wie kam es, dass sich ihr Foto in der Hemdtasche des Toten befand?

Thoms war sich sicher, dass sich die drei Frauen bis zum Zeitpunkt ihrer Verhaftung im Kaufhaus nicht kannten. Wo war die Verbindung zwischen ihnen und Bodo Hellmich?

Thoms besorgte sich die Verfahrensakte von dem Kaufhausdiebstahl und ließ sich auch die drei Kriminalakten von den Frauen vorbeibringen. Alles studierte er sorgfältig und prägte sich die Fakten ein. Die Akten von Bonnie Speiler und Susanne von Stetten waren noch jungfräulich. Außer ihren Fotos und Fingerabdrücken enthielten sie weiter keine Angaben. Bislang waren sie noch nicht kriminalpolizeilich in Erscheinung getreten. Bei Alexandra Koschinski sah das schon etwas anders aus. Sie war bereits mehrfach wegen Ladendiebstahl, Drogenkonsum und Widerstand gegen Vollstreckungsbeamte aufgefallen. Nichts wies jedoch auf eine Verbindung zu Bodo Hellmich oder auf sein kriminelles Umfeld hin.

Thoms packte die Akten zur Seite und zog sein Jackett über. Bis seine Kollegen mit den ersten Ergebnissen der Spurensicherung zurückkammen, hatte er noch ein wenig Zeit. Diese wollte er nutzten und selber einige Nachforschungen anstellen.

Als erstes begab er sich zur Galerie "da Vinci". Der Galerist stellte sich als störrischer Esel dar, der zusätzlich noch an Alzheimer erkrankt zu sein schien. Es kostete ihn eine Menge Überredungskraft und schließlich sanftes Drohen, bis er ihm schließlich den Grund verriet, warum ihn die drei Frauen aufgesucht hatten. Jetzt wusste Thoms zumindest schon einmal, dass sie sich nach einem Bild von Gerard Dou erkundigt hatten, dieses Bild ca. 1,5 Millionen wert ist und sich im Privatbesitz eines holländischen Reeders befindet.

Als nächstes entschied sich Thoms dafür, Bonnie aufzusuchen. Als vermeintlich schwächstes Glied dieser Dreierkette, rechnete er sich bei ihr die größten Chancen aus, etwas in Erfahrung bringen zu können. Doch leider wurde ihm auf schellen und klopften an ihrer Wohnungstür nicht geöffnet.

Die Idee, Susanne von Stetten zu der angebotenen Tasse Kaffee einzuladen erwies sich ebenfalls als Sackgasse. Bei ihr zu Hause konnte er sich telefonisch nur mit ihrem Anrufbeantworter unterhalten und ihre Sekretärin teilte ihm mit, dass sie heute noch nicht im Büro erschienen war.

Missmutig machte sich Thoms auf zu Theos Reparaturwerkstatt.

"Was woll´n se denn von der Alex?"

Durch die dicken Rauchschwaden seiner Zigarre musterte der Besitzer Thoms von oben bis unten. Mit seinen italienischen Markenschuhen und seinem Designer-Anzug schien er rein äußerlich nicht gerade zu den Leuten zu gehören, mit denen Alex üblicherweise verkehrte.

"Nur mit ihr reden. Wo kann ich sie finden?"

"Hier isse nicht. Ist schon seit Tagen krank."

"Also kann ich sie zu Hause antreffen?"

"Ich will doch wohl hoffen, dass sie mit ihrem Arsch im Bett liegt und sich auskuriert. Wissen Sie was mich das kostet, so ein Arbeitsausfall?"

Thoms entschied sich, die Frage besser zu ignorieren und verließ das Büro. Er war guter Dinge, Alex an ihrer Wohnanschrift anzutreffen und durch ihre Befragung ein Stück mehr Klarheit über die Geschehnisse an der alten Weberei zu bekommen.

23

Susanne wurde vom Klappern des Geschirrs geweckt. Sofort waren die Erinnerungen der letzten Nacht wieder da. Sie wünschte, dass diese Erinnerungen nur Hirngespinste ihrer Phantasie waren. Als sie jedoch vorsichtig die Augen öffnete und die fremde Umgebung sah, wusste sie, dass alles wirklich passiert war.

Susanne fühlte sich schlapp und ausgebrannt. Auch der Geruch von frisch aufgebrühtem Kaffee brachte ihre Lebensgeister nicht zum erwecken. Sie zog sich die Decke über den Kopf und hoffte, wieder einzuschlafen. Doch das Geschehene der letzten Nacht ließ ihre Gedanken nicht mehr los.

"Frühstück ist fertig."

Hartnäckig überhörte sie den Appell und blieb wie versteinert auf der Couch liegen.

"Hey. Es ist schon fast 11.00 Uhr."

Na wenn schon, dachte Susanne. Die Welt kommt auch ohne mich aus. Vielleicht sogar noch besser.

Als ihr die Decke vom Kopf gezogen wurde, öffnete sie ihre Augen zu kleinen Schlitzen. Zwei dampfende Tassen Kaffee, eine Tüte vom Bäcker, Butter und Marmelade standen auf dem Tisch. Bonnie saß im Sessel und biss herzhaft in ein Croissant.

Susanne schlug widerwillig die Decke zur Seite und setzte sich auf. Sie fühlte sich so, wie sie aussah. Ihre Designersachen zerknittert, die Haare zerwühlt und das Make-up verwischt.

Wie unter Trance sah sie durch den Raum, blickte auf Bonnie und den gedeckten Frühstückstisch.

"Du solltest etwas essen. Mein Onkel hat immer gesagt: Ohne Mampf, kein Kampf."

Unbeteiligt blickte Susanne zu Bonnie hinüber. "Was für ein Kampf?", entgegnete sie fragend mit tonloser Stimme.

"Nun, wir werden Alex da raus holen."

"Wo raus?"

"Das weiß ich auch noch nicht. Aber wir finden sie. Und wenn wir ganz Hamburg absuchen müssen."

"Deinen Optimismus möchte ich haben." Susanne griff zu ihrer Tasse

Kaffee. "Vielleicht ist es besser, wenn wir zur Polizei gehen und ihnen sagen, was passiert ist."

"Was wollt ihr der Polizei sagen?"

Bonnies und Susannes Kopf drehten sich gleichzeitig zu der Person um, die im Türrahmen stand.

"Doozer. Was machst du denn hier?"

"Das könnte ich euch auch fragen. Wo ist Alex? Ist ihr etwas passiert?"

"Ich fürchte ja. Setz dich erst einmal."

Bonnie holte noch eine Tasse und goss Doozer Kaffee ein. Dann erzählte sie ihm alles, was sie erlebt hatten. Begonnen von dem Tag im Kaufhaus bis zur gestrigen Nacht.

"Wir hatten Angst, zu uns nach Hause zu fahren. Wir dachten, in Alex Wohnung würde uns keiner vermuten. Deshalb sind wir jetzt hier."

Es entstand eine lange Pause, in der sich Bonnie und Susanne schon auf eine ganze Reihe von Vorwürfen einstellten. Doozer schaute jedoch nur auf das Polaroidfoto, welches Susanne ihm gegeben hatte.

"Ich hab mir schon gedacht, dass da etwas passiert ist. Alex ist sonst nie krank. Die ist zäh. Und als ich nach ihr sehen wollte, habe ich dich aus dem Haus kommen sehen." Doozer nickte mit dem Kopf in Susannes Richtung. "Ich bin dann nach oben in ihre Wohnung und habe das Blut gesehen. Da wusste ich, dass etwas passiert ist. Ich wusste nur nicht, was ich machen sollte. Auf die Bullen ist Alex gar nicht gut zu sprechen, deswegen habe ich erst einmal abgewartet und dem Chef gesagt, dass sie immer noch krank ist. *Scheiß Weiber*, hat er nur gesagt."

Plötzlich stand Doozer auf. Seine großen Hände zu Fäusten geballt, so dass die Knöchel weiß hervortraten. Die Adern an der Seite seines Halses traten hervor. Das durch die Adern gepumpte Blut ließ seinen Kopf rot anlaufen. "Wenn der mir zwischen die Finger kommt, dann ..."

"Doozer", sagte Bonnie im weichen Tonfall.

Doozer blickte auf Bonnie hinab. Erinnerte er eben noch an einen Kämpfer auf dem Weg zur Schlacht, so sackte er im nächsten Moment auch schon wieder kraftlos in sich zusammen und setzte sich zurück in den Sessel.

"Ja, du hast Recht. Das bringt uns jetzt nicht weiter. Was wollt ihr tun? Was soll ich tun?"

"Das wissen wir eben nicht", sagte Susanne resigniert.

"Wenigstens sind wir jetzt schon zu Dritt", versuchte Bonnie etwas Positives beizusteuern. "Wir können uns aufteilen und an mehreren Orten gleichzeitig nach Alex suchen. Als Ed vorgestern losgefahren ist, ist er mit Sicherheit zu Alex gefahren und hat das Foto gemacht. Dem km-Stand auf seinem Tacho nach zu urteilen, hat er 54 km zurückgelegt. Das heißt, dass er Alex in einem Umkreis von ungefähr 27 km festhalten muss."

"Wenn er nicht noch woanders vorbeigefahren ist", wandte Susanne ein.

"Das wissen wir natürlich nicht genau. Aber da er ca. 1 ½ Stunden unterwegs war und das bei dem Verkehrsaufkommen, gehen wir jetzt einfach mal davon aus, dass er direkt zu ihr gefahren ist. Also brauchen wir jetzt erst einmal eine Karte, einen Zirkel und ein Lineal. Dann können wir um Eds Wohnung einen Kreis in einem Maßstab von 27 km ziehen. Vielleicht fällt uns ja etwas Besonderes auf."

"Und was ist wenn nicht? Wir können ja wohl kaum alles abfahren. Selbst wenn, das würde Tage dauern. Sie kann ja überall sein. In jedem Haus, in jeder noch so kleinen Waldhütte."

"Sagt mal", Doozer betrachtete schon eine ganze Weile sehr intensiv das Polaroidfoto, "ist euch eigentlich aufgefallen, dass Alex auf dem Foto hier ihre Hand so komisch hält. Vielleicht bilde ich mir das ja nur ein, aber könnte sie nicht auch auf ein Wort zeigen?"

"Was?"

Sofort sprangen Bonnie und Susanne auf und begutachteten das Foto.

"Tatsächlich. Das gibt es doch nicht. Warum haben wir das denn nicht gleich gesehen?"

Fassungslos starrten sie auf das Bild. Alex hielt die Ausgabe der Hamburger Morgenpost vor sich hoch. Allerdings war von der rechten Hand nur ein Zeigefinger zu sehen. Dieser deutete auf ein Wort einer Schlagzeile. Nach dem Text war ein Foto mit einer Frau inmitten einer Schar Kinder zu erkennen.

Susanne schüttelte resigniert den Kopf. "Ich habe den Bericht gestern in der Zeitung gelesen. Der handelte davon, dass eine bekannte Eiskunstläuferin in Halle in Ostdeutschland Kindern das Schlittschuhlaufen beibringt. Außerdem hat sie einen Verein zur Förderung junger Nachwuchstalente gegründet. Nein, das hilft uns nicht weiter. Wo immer er auch Alex hingebracht hat, mit Sicherheit nicht nach Halle."

Susanne wandte sich ab. Sie hatte Mühe ihre Fassung zu behalten. Zu kurz war der Moment voller Euphorie und Hoffnung. Zu schnell wurde er von dem Gefühl Niedergeschlagenheit und von Schuldgefühlen abgelöst.

Bonnie war es schließlich, die das Schweigen brach und mit ihren Worten die Gedanken in eine andere Richtung lenkte.

"Was ist, wenn sie gar nicht den Ort Halle in Ostdeutschland meint, sondern eine Lagerhalle oder irgend so etwas in der Richtung?"

"Ja, das ist es. Natürlich." Susanne tippte sich mit der Hand vor die Stirn. Aufgebracht ging sie vor dem Fenster auf und ab. "Eine alte Halle. Einsam gelegen. Niemand, der neugierige Fragen stellt. Und damit fällt der südliche Teil Hamburgs weg, denn von Eds Wohnanschrift aus gesehen, befindet man sich 27 km südlich immer noch im städtischen Bereich. Also muss er Alex irgendwo im nördlichen Bereich versteckt halten. Also lasst uns losfahren."

Doch bevor sich Susanne vom Fenster wegdrehte, verharrte sie auf einmal ruckartig. Ein leises "Scheiße" entfloh ihren Lippen.

"Was ist los?"

Bonnie welche sah, wie Susanne auf die Straße starrte, eilte zum Fenster und folgte ihrem Blick.

"Der Typ da. Der, der gerade den Wagen abschließt. Das ist ein Polizist."

Sofort ergriff Bonnie den Arm von Susanne und zerrte sie vom Fenster weg.

"Los komm", befahl sie knapp. "Doozer. Du bleibst hier und hältst ihn auf. Egal wie."

"Aber tu ihm nicht weh", rief Susanne noch besorgt Doozer zu, als sie schon die Treppen hinaufliefen.

"O-Okay."

Deutlich waren die Schritte auf der Holztreppe zu hören. Jede Stufe kündigte sein Näherkommen mit einem leichten Quietschen an. Als Thoms die Aufbruchspuren an der Wohnungstür entdeckte, verweilte er für einen kurzen Augenblick. Im nächsten Moment hielt er auch schon seine Waffe in der Hand. Nur leise war das metallene Geräusch zu vernehmen, als er seine Waffe durchlud. Mit weit aufgerissenen Augen lugten Bonnie und Susanne vorsichtig durch das Treppengeländer. Keiner traute sich zu atmen oder gar zu bewegen. Und beide schickten in Gedanken ein Stoßgebet gen Himmel.

Langsam und geräuschlos schob Thoms die Tür auf. Vorsichtig schritt er in die Wohnung hinein. Als er das getrocknete Blut auf dem Boden sah, war er für einen Moment abgelenkt, so dass ihn der Schlag gegen sein Handgelenk unvorbereitet traf. Die Pistole fiel zu Boden. Als er sich zur Seite drehte, kamen auch schon 110 Kilo lebendes Fleisch, verteilt auf einer Körpergröße von 1,95 m, auf ihn zugeflogen.

Das Raufen auf dem Fußboden war schnell zu Ende, zumal der Riese seine Chance nicht genutzt hatte, ihm seine mächtige Pranke gegen das Kinn zu schmettern. Mit einem Hebelgriff gelang es Thoms schließlich den Riesen so weit zu fixieren, dass er eine Handschelle um sein Handgelenk schnappen lassen konnte. In diesem Moment flitzten Bonnie und Susanne an der Wohnungstür vorbei die Treppen hinunter.

"Stehen bleiben. Polizei! Bleiben sie stehen."

Eiligst kettete Thoms das andere Ende der Handschelle an die Wandverankerung der Heizung und rannte den Frauen hinterher. Als er auf die Straße lief, kam der rote Sportwagen auch schon auf ihn zugefahren. Mit einem Satz zurück musste er den Weg freigeben und den Wagen passieren lassen.

"Halten Sie an. Ich will doch nur mit ihnen reden", schrie er Bonnie und Susanne noch nach. Doch seine Worte vermischten sich nur mit dem Straßenlärm und gingen ohne Wirkung unter. An der nächsten Kreuzung verschwand der Wagen aus seinem Sichtbereich.

Fluchend kehrte Thoms um und ging wieder nach oben. Als er die Wohnung betrat, fiel sein Blick auf die ausgerissene Wandhalterung. Die Heizung lag schräg auf dem Boden. Vom Riesen war weit und breit keine Spur. Wütend griff Thoms zum Handy.

"Thoms hier. Schicken Sie mir ein Team zur Spurensicherung in die Pfauengasse 3 und geben Sie sofort eine Fahndung nach Bonnie Speiler und Susanne von Stetten raus. Beide Personen sind von dieser Anschrift aus mit einem roten Sportwagen flüchtig."

Als Bonnie aus dem Tankstellenshop kam, hatte sie einen Stadtplan, einen Zollstock und ein halbes Dutzend Schokoriegel unter dem Arm.

"Nervennahrung", beantwortete sie mit einem Schulterzucken Susannes skeptischen Blick. Bonnie faltete die Karte auseinander. Eds Wohnanschrift markierte sie mit einem Kreuz.

"Maßstab 1 : 300.000. Das heißt, wir müssen für 27 km einen Kreis in 9 cm Entfernung um Eds Wohnanschrift auf der Karte ziehen. Halt mal das Lineal unten am Kreuz fest."

Bonnie setzte den Stift neben dem Lineal auf und verschob das Lineal auf der Karte, bis sie einen halbkreisförmigen Bogen gezogen hatte.

"Irgendwo entlang dieser Linie muss die Halle sein, in der sich Alex befindet."

"Dann mal los." Susanne startete den Wagen. Gerade als sie vom Tankstellengelände auf die Hauptverkehrsstraße einbogen, kam ihnen ein Streifenwagen entgegen. Susanne legte schnell noch ihren Sicherheitsgurt an. Zu spät. Im Rückspiegel konnte sie sehen, dass der Streifenwagen wendete.

"So ein Mist. Ausgerechnet jetzt. Und meinen Führerschein habe ich auch nicht dabei."

"Vielleicht haben die ja nur zufällig gewendet."

Mit dem Aussprechen wurde Bonnies Vermutung auch schon hinfällig. In gelben Lettern leuchtete auf dem Polizeiauto "Stop Polizei" auf.

"Was soll ich denn jetzt machen?"

"Anhalten natürlich. Für nicht anschnallen landet man schließlich nicht im Knast. Das kostet höchstens ein paar Mark."

Susanne brachte den Wagen am Straßenrand zum Stehen, schaltete das Warnblinklicht ein und betätigte den elektrischen Scheibenheber. Im Außenspiegel sah sie, wie der Polizist ausstieg und seine Mütze tief ins Gesicht zog.

Kein Grund nervös zu werden, redete sich Susanne ein. Das ist schließlich nur eine simple Verkehrskontrolle. Eine Bagatelle, wie sie hundert Mal am Tag vorkommt. Ich spreche ihn einfach freundlich an, flirte ein wenig mit ihm und in zwei Minuten ist alles vorbei.

"Guten Tag, Herr ... ääh ... Wachtmeister." Scheiße, das fängt ja schon gut an, dachte Susanne.

"Polizeiobermeister Kröger."

"Herr Polizeiobermeister Kröger. Ich weiß, ich war nicht angeschnallt und das tut mir auch leid. Aber wir sind auch gerade erst vom Tankstellengelände heruntergefahren. Sie wollen mich doch deswegen nicht gleich verhaften, oder?"

Susanne fragte mit ihrer unschuldigsten Mine und brachte gleichzeitig ein Lächeln auf ihre Lippen.

"Sie sind die Halterin des Wagens?"

Susannes Lächeln erstarb augenblicklich.

"Ja."

Auf der Beifahrerseite hatte sich bereits der zweite Beamte postiert und guckte aufdringlich in den Wagen.

"Dann sind Sie Frau von Stetten."

"Ja, das ist richtig."

"Würden Sie und Frau Speiler bitte aussteigen!"

Der Polizist trat einen Schritt zur Seite, um ihr das Öffnen der Tür zu ermöglichen. Susanne hatte ihre Tür schon halb geöffnet, als sie mit ihrem Fuß vom Brems- auf das Gaspedal wechselte und es bis zum Anschlag durchtrat.

"Bist du verrückt? Was machst du denn?"

Hektisch schaute sich Bonnie um. Die beiden Polizisten rannten in ihren Wagen zurück. Einer verlor seine Dienstmütze. Das Blaulicht ging an. Mit quietschenden Reifen nahmen sie die Verfolgung auf.

"Die suchen uns", schrie Susanne gegen die Polizeisirene an.

"Was?"

"Die sind hinter uns her. Die wussten deinen Namen."

Im halsbrecherischem Tempo jagte Susanne die Straße hoch, wobei sie zwischen den Autos auf den Fahrstreifen hin und her wechselte. Ungehalten reagierten die anderen Fahrer mit Dauerhupen. Susanne fuhr kreuz und quer, wendete den Wagen um 180 Grad, fuhr bei "orange" zeigenden Ampeln in den Kreuzungsbereich hinein und verdoppelte die zulässige Höchstgeschwindigkeit.

Bonnie, die nervös auf ihrem Sitz herumturnte und sich an dem Haltegriff unterm Autodach festklammerte, drehte sich unablässig nach dem Verfolgerfahrzeug um.

"So ein verdammter Mist. Die lassen sich einfach nicht abschütteln."

Susannes Wangen hatten vor Aufregung einen dunkelroten Ton angenommen. Hektisch wirbelten ihre Hände das Lenkrad hin und her oder schlugen mit einem genervten "Los weg da!" auf die Hupe. Mit einem "Das wollen wir doch mal sehen, ..." leitete Susanne ihren nächsten Versuch ein, ihre Verfolger abzuhängen. Von der rechten der drei Fahrspuren für ihre Fahrtrichtung zog sie mit einem Ruck das Lenkrad nach links, wechselte auf die linke Fahrspur, fuhr in den Kreuzungsbereich ein und steuerte auf die Gegenfahrbahn. Hierdurch löste sie nicht nur ein wahres Hupkonzert aus, sondern verursachte auch noch einen bunt gemischten Blechsalat. Den sich auf Asphalt drehenden und quietschenden Reifen, dem aufsteigenden Qualm und den anschließenden Knallgeräuschen nach zu urteilen, hatten sich einige Fahrzeuge fest ineinander verbissen. Zu ihrem Unglück war der Streifenwagen dieser künstlich herbeigeführten Verkehrsknubbelung ebenfalls entkommen. Und da sie im Gegenverkehr nur schleppend vorankamen, fuhr er jetzt rechts, auf gleicher Höhe, neben ihnen her. Nur die Verkehrsinsel mit ihrem Geländer zwischen ihnen bewahrte sie davor, sich gegenseitig ihre Autos zu verformen. Die laut tönende Polizeisirene wurde durch eine Lautsprecherdurchsage der Streifenwagenbesatzung unterbrochen.

"Halten Sie sofort den Wagen an. Dies ist die letzte Warnung. Fahren Sie sofort rechts ran."

Bonnie blickte nach rechts. Den Fahrer des Polizeiautos konnte sie jetzt aufgrund der Nähe gut erkennen. Auch er saß mit hochrotem Kopf hinter dem Steuer, während sein Beifahrer noch immer hektische Befehle in den Lautsprecher spuckte und wild gestikulierend mit bösem Blick zu ihnen rüberschaute.

Bonnie zog ihre Lippen zu einem breiten Grinsen nach oben und winkte ihnen freundlich herüber. Ihre Worte "Ihr könnt uns mal, ihr Penner", konnten sie allerdings nicht verstehen. Nur noch einen kurzen Moment konnte Bonnie einen Blick auf ihre verdutzten Gesichter werfen, denn Susanne hatte den Wagen scharf nach links in eine Seitenstraße gesteuert, so dass sich ihre Wege nunmehr trennten. Mit wildem Indianergeheul feierten sie ihren Erfolg und schrieen einen Teil ihrer Anspannung aus sich heraus.

Als jedoch einige hundert Meter weiter erneut ein Streifenwagen hinter ihnen auf die Straße einbog, war das Gegröle jäh zuende.

"Die dürfen uns jetzt nicht kriegen." Der besorgte Ton in Bonnies Stimme war unüberhörbar. "Die sperren uns erst einmal für ein paar Tage weg, bevor die überhaupt mit uns reden. Das wäre das Schlimmste für Alex."

"Keine Sorge. Ich weiß schon, wie wir die loswerden."

Susanne lenkte den Wagen auf eine der zahlreichen Zubringerstraßen zur Autobahn. Trotz der hohen Geschwindigkeit hatte der Streifenwagen aufschließen können. Ständig wechselte Susannes konzentrierter Blick zwischen dem Fahrzeugverkehr vor ihnen und dem Verfolgerfahrzeug im Rückspiegel.

"Halt dich fest", rief sie schließlich Bonnie zu, worauf diese den Türgriff noch fester umklammerte und ihre Füße gegen das Handschuhfach stemmte. Im nächsten Augenblick trat Susanne auch schon mit voller Wucht auf das Bremspedal. Als der Streifenwagen auffuhr, wurden ihre Köpfe erst gegen die Nackenstützen und anschließend nach vorne geschleudert. Durch den Aufprall hatte der Wagen ruckartig einen Satz nach vorne gemacht. Sofort drückte Susanne das Gaspedal bis zum Bodenblech herunter.

Der Blick in den Spiegel sagte ihr, dass ihr Plan funktioniert hatte. Die Airbags der Streifenwagen hatten ausgelöst. Die weißen Ballons nahmen dem Fahrer die Sicht. Der Streifenwagen ratschte noch ein wenig an der Leitplanke entlang, bevor er zum Stehen kam.

Ihr eigener Schaden war gering. Nur die hintere Stoßstange hatten sie eingebüßt. Mit Vollgas rasten sie stadtauswärts in Richtung Norden.

Nach dem Reinfall in Alex´ Wohnung hatte sich Thoms wütend in sein Büro begeben und sich in seine Ermittlungen gestürzt. Die Nachricht über die spektakuläre Flucht von Bonnie und Susanne hatte nicht gerade dazu beigetragen seine Laune zu verbessern. Am meisten ärgerte es ihn, dass der Fall um so komplizierter und unverständlicher wurde, je mehr er in Erfahrung brachte. Und es ärgerte ihn auch, dass es, entgegen seiner persönlichen Einschätzung, immer mehr Anzeichen dafür gab, dass Susanne, Bonnie und Alex an dem Diebstahl des Bildes beteiligt waren. Insbesondere nach den jüngsten Vorfällen musste er eigentlich seine Meinung revidieren. Völlig unklar war ihm auch, welche Beziehung die Frauen zu den beiden Toten hatten und inwieweit sie ihren Tod mit verursacht hatten. Nach Würdigung der Umstände waren sie als dringend tatverdächtig anzusehen. Dennoch war das nicht der Grund, warum er sie zur Fahndung ausgeschrieben hatte. Er hatte vielmehr das Gefühl, dass sie durch irgendwelche unglücklichen Umstände immer weiter in einen Sog von Schwierigkeiten hinabgezogen wurden. Je länger sie sich in diesem Strudel befanden, um so mehr wurde ihnen die Kontrolle über die Geschehnisse aus der Hand genommen. Thoms befürchtete, dass es schon bald zu spät sein würde ihnen zu helfen.

Nachdenklich stellte er sich vor das Fenster in seinem Büro und schaute nach draußen. Den wunderschönen Herbsttag registrierte er nicht. Seine grauen Zellen befassten sich ausschließlich mit den Geschehnissen der letzten Tage. Gedanklich versuchte er seine Informationen zu ordnen, in eine logische Reihenfolge zu bringen und diese anschließend zu bewerten. Kein Detail ließ er dabei aus. Beginnend mit dem Diebstahl im Kaufhaus, dem Gespräch mit Susanne von Stetten, seinen durch die Post zugesandten Dienstausweis, den Toten, das Foto in der Hemdtasche des erschossenen Bodo, der Blutfleck in Alex´ Wohnung, deren entschlossene Flucht und vor allem dem Fernschreiben, welches er von Interpol erhalten hatte.

Nachdem ihm der Besitzer der Galerie "da Vinci" mitgeteilt hatte, für welches Bild sich die drei Frauen interessierten, hatte er weitere Ermittlungen über Interpol in Auftrag gegeben. Nun war ihm bekannt, dass das Bild vor ca. 3 Wochen seinem holländischen Besitzer entwendet worden war. Und noch etwas kam hinzu. Die dänischen Kollegen meldeten per Fernschreiben einen äußerst interessanten Vorfall. Demnach hatten einen Jäger mehrere Schüsse in seinem Revier aufmerksam werden lassen. Als er durch den Wald hindurch der Richtung nachging, aus der die Schüsse kamen, machte er eine interessante Feststellung. Mit hoher Geschwindigkeit entfernte sich ein hellgrün, metallicfarbener Mercedes Benz aus dem Waldgebiet. Da er vermutete, dass es sich um einen Wilderer handelte, suchte er die Gegend ab. Statt der erwarteten erlegten Tiere fand er jedoch mehrere, zum Teil gebündelte, Geldscheine vor. Da er glaubte, dass die Geldscheine durch Blut verunreinigt waren, informierte er die Polizei.

Die Untersuchungen der dänischen Kriminalpolizei ergaben schließlich, dass es sich nicht um Blut, sondern vielmehr um Farbe aus Security-Packs handelte. Insgesamt wurden 178.500,- Deutsche Mark aufgefunden. Außerdem fanden sie noch sieben Patronenhülsen des Kalibers 9 mm, eine Zigarettenkippe sowie ein stark beschädigtes Gemälde. Bei dem Gemälde handelt es sich um die Kopie des Bildes von Gerard Dou mit dem Titel "Ein Ritter im Kampf".

Durch den Jagdhund des Jägers wurde zudem in ca. 30 m Entfernung im Gestrüpp die Pistole aufgefunden, aus der vermutlich die Schüsse abgegeben worden waren. Die kriminaltechnische Untersuchung und Auswertung der Spuren dauerte noch an.

Der nächste Absatz im Fernschreiben trug dazu bei, dass sich die Mosaiksteine in Thoms Kopf so langsam zu einem Bild zusammensetzten. In diesem Absatz wurde auf einen hellgrün, metallicfarbenen Mercedes verwiesen, welcher Nahe der deutschen Grenze einen Tankbetrug begangen hatte. Das abgelesene Kennzeichen stammte aus Hamburg.

Das Ergebnis der Halterfeststellung des hellgrünen Mercedes wurde ihm kurze Zeit später durch die Kollegen übermittelt. Nach Auskunft der Zulassungsstelle war das Kennzeichen an einen ortsansässigen Autohändler ausgegeben worden. Eine Befragung der Mitarbeiterin des Autohändlers ergab, dass der Pkw vor mehreren Tagen an einen gewissen Eduard Hauser ausgeliehen worden war.

Außerdem stellte sich heraus, dass sie vor zwei Tagen wegen der gleichen Angelegenheit schon einmal von der Polizei befragt wurde. Kriminalkommissarin Thomas oder so ähnlich, stand in dem Dienstausweis der Polizistin.

Thoms griff zum Telefon und rief den Autohändler an. Von der Mitarbeiterin, einer gewissen Frau Strath, ließ er sich die Kommissarin beschreiben, welche die Befragung durchgeführt hatte. Während des Telefonats nahm er das Foto von Bonnie aus ihrer Polizeiakte.

Bonnie und Susanne fuhren nunmehr schon seit zwei Stunden in der Gegend umher, die sie auf der Straßenkarte markiert hatten. Noch immer hielten sie nach grün-weißen Autos Ausschau. Doch bislang war ihnen zum Glück keines mehr begegnet. Überhaupt befanden sie sich in einer sehr einsamen Gegend. Nur wenige Autos kreuzten ihren Weg. Bonnie vergriff sich gerade an dem vorletzten Schokoriegel, als sie an einigen Reklameschildern von Baufirmen vorbeifuhren. Erst nachdem sie die Schilder schon einige hundert Meter passiert hatten, begann es in Bonnies Kopf zu klicken. "Stop!"

Sofort brachte Susanne den Wagen zum Stehen.

"Was ist los?"

"Fahr noch mal zurück. Bis zu den Bautafeln am Straßenrand."

Susanne legte den Rückwärtsgang ein und setzte zurück. Nachdenklich betrachtete Bonnie die Schilder und vergaß dabei ganz, ihren Schokoriegel weiter zu essen.

"Was ist? Was hast du?", wiederholte Susanne ihre Frage.

"Ich habe doch in Eds Wohnung nach einem Hinweis gesucht."

"Ja und leider nichts gefunden."

"Vielleicht doch. Ich habe dir doch erzählt, dass ich sogar im Abfalleimer nachgesehen habe."

"Und?"

"Unter anderem war da eine zusammengeknubbelte Seite einer Tageszeitung von letzter Woche. Ich habe sie auseinander geknubbelt, weil ich dachte, Ed hätte vielleicht etwas darin eingewickelt. Aber da war nichts drin. Ein großer Artikel auf dieser Seite befasste sich mit dem Bau eines neuen Freizeitparks. Dazu sollten die alten Werkshallen der Firma Scheel & Sohn abgerissen werden. In diesen Hallen wurde während des zweiten Weltkriegs Munition für die Artillerie hergestellt. Ich kannte diesen Artikel, weil ich ihn zuvor in der Tageszeitung gelesen hatte. In diesem Artikel wurden auch die Bauträger benannt, welche die besten Angebote abgegeben und so den Kampf um die Ausschreibung gewonnen hatten." Mit einem Kopfnicken in Richtung der Bautafeln fuhr Bonnie fort. "Und einige der Bauträger stehen hier drauf."

Mit großen Augen schaute Susanne zu Bonnie rüber. "Das muss es sein. Das ist es."

Susanne knallte den ersten Gang rein und folgte dem Pfeil auf dem Hinweisschild. Nachdem sie ca. 4 km auf der holprigen Baustraße zurückgelegt hatten, tauchten die alten Werkshallen vor ihnen auf.

Links und rechts des Platzes befanden sich die langgezogenen Werkshallen. Trotz des Umstandes, dass die Hallen zur ehemaligen Munitionsfabrik gehörten und somit bevorzugtes Ziel der alliierten Luftwaffenangriffe waren, waren sie in erstaunlich gutem Zustand. Nur hier und da wiesen die dunklen Ziegelsteinwände Beschädigungen auf.

Bonnie und Susanne stiegen aus und schauten sich um. Das Areal war riesig.

"Am Besten wir suchen getrennt, so kommen wir schneller vorwärts", schlug Bonnie vor.

"O. K. Ich nehme die Hallen auf der rechten Seite", entgegnete Susanne und ging auf das Gebäude zu, während Bonnie sich die Hallen auf der linken Seite vornahm.

Laut Alex´ Namen rufend und in jeden Winkel schauend liefen sie durch die Hallen. Nichts. Als Bonnie am anderen Ende die Halle verließ, bemerkte sie die schmale Eisentreppe. Sie führte von Außen in den oberen Teil des angrenzenden Gebäudes, welcher von Außen nach einem Verwaltungstrakt aussah.

Stufe um Stufe näherte sie sich der Eisentür. Sie ergriff die Klinke und drückte sie herunter. Verschlossen. Bonnie trat einen Schritt zurück und schaute am Mauerwerk hoch. Keine Fenster.

"Alex, bist du da drin?"

Stille.

Alex horchte auf. Sie war sich nicht sicher, ob sie wirklich ihren Namen gehört oder ob sie es sich nur eingebildet hatte. Zu oft hatte sie sich gewünscht, dass jemand sie finden würde. Zu oft hatte sie sich gewünscht, dass jemand ihren Namen rief. Wie ein schwerer Stein lag ihr Körper da. Jede Bewegung, jede Muskelanspannung kostete unendlich viel Kraft. Kraft die sie nicht mehr besaß. Regungslos lag sie da und lauschte der Stille.

"Aleeex!" Irgendetwas polterte vor die Tür.

Wieder hörte sie ihren Namen. Hörte, dass jemand vor die Tür polterte. Aus mehreren Kilometern Entfernung schien ihr Name zu ihr vorzudringen. Zweimal hintereinander. Das konnte keine Einbildung mehr sein. Sie hatte die Stimme gehört. Sie hatte Bonnies Stimme gehört. Alex´ Herz begann schneller zu schlagen. Sie spürte den Pulsschlag an ihrem Hals, hörte das Pochen in den Ohren. Kurz und schnell atmete sie ein und aus. Sie spürte, wie sich ihr Brustkorb, von der Atmung getrieben, hebte und senkte. Die eingeatmete Luft schien nicht ausreichend Platz in ihrer Lunge zu haben. Etwas in ihr wollte nach außen dringen. Ein Schrei. Ein Schrei der Erleichterung, ein Schrei der unendlichen Dankbarkeit. Tränen liefen aus ihren Augen.

"Ich bin hier." Ihre Stimme war schwach und dünn, mehr gehaucht als gesprochen. Die ständige Hitze hatte sie ausgedörrt. Die Lippen wegen fehlender Feuchtigkeit aufgeplatzt, der Mund zu trocken um richtig sprechen zu können. Noch nicht einmal Schlucken konnte sie. Ein erneuter Versuch, ihre Stimme anzuheben, scheiterte kläglich. Nur ein leises Krächzen entwich ihrem Mund. Kraftlos tastete ihr linker Arm am Boden entlang. Endlich ertastete sie die leere Dose Cola, griff nach ihr.

"Verdammt noch mal." Bonnies Stimme erstarb vor Enttäuschung. Als sie sich schon zum Gehen wandte, hörte sie ein leises, schepperndes Geräusch. Sofort machte Bonnie kehrt und lauschte mit ihrem Ohr an der Tür.

Alex hatte all ihre Kraft aufbringen müssen, um die leere Dose Cola in Richtung Tür zu werfen. Kraftlos fiel ihr Arm auf den Boden.

"Alex, bist du da drin? Kannst du mich hören?" Bonnie klatschte mit der flachen Hand gegen die Tür. Für einen kurzen Moment hörte sie wieder dieses scheppernde Geräusch.

Alex hatte auch die zweite leere Dose Cola geworfen.

"Alex. Wir sind da. Wir holen dich da raus." Bonnie schrie. Wie besessen drückte sie immer wieder die Türklinge herunter und zog aus Leibeskräften. Die Tür blieb zu.

Susanne war durch Bonnies Schreien aufmerksam geworden und rannte quer über den Platz auf die Treppe zu.

"Hol die Brechstange aus dem Auto. Schnell!"

Susanne drehte ab und rannte zum Auto zurück. Zum Glück hatte sie die Brechstange in ihren Kofferraum gelegt, nachdem sie sie mitgenommen hatten, um in Eds Wohnung einzudringen. Hektisch griff sie jetzt danach und lief so schnell sie konnte zu Bonnie zurück. Zwei Stufen auf einmal nehmend eilte sie die Treppe hoch.

"Sie ist da drin. Ich habe sie gehört. Sie ist da drin."

Mit voller Wucht schlug Susanne die Brechstange so lange gegen die Türzarge, bis sie leicht deformiert war und eine Delle das Ansetzen der Brechstange als Hebel zuließ.

"Ziiieeeh!"

Beide zogen mit ganzer Kraft an der Brechstange, die Gesichter vor Anstrengung gerötet. Nach dem dritten Versuch gab die Tür schließlich mit einem krächzen nach und schwang auf. Es dauerte einige Sekunden, bis sich ihre Augen an die Dunkelheit gewöhnt hatten. Dann sahen sie Alex. Bonnie war die erste, die auf sie zustürmte. Verschwommen sah sie durch ihre Tränen hindurch, wie Alex auf der Matratze lag. Zu einem großen, dunklen Fleck war das Blut auf der Matratze zusammengetropft. Genauso unheilvoll wirkte auch der Fleck an Alex´ Körper. Der rechte Arm hing schlaff in der Handfessel. Das andere Ende der Fessel steckte in einem Eisenring in der Wand. Die Haare klebten in ihrem Gesicht, die Wangen wirkten eingefallen. Ihre Haut schimmerte wie Wachs. Nur die Ringe um Alex´ Augen waren dunkel. Und trotzdem umspielte ein Lächeln Alex´ aufgeplatzte Lippen.

Ed hatte die Strecke im höllischen Tempo zurückgelegt. Noch immer hielt seine Wut darüber an, so hinterlistig reingelegt worden zu sein. Der einzige Gedanke der sich in seinem Kopf ausbreitete, hieß Rache. Am eigenen Leib sollten die Beiden seine Wut zu spüren bekommen. An Ideen, was er ihnen alles antun konnte, fehlte es ihm nicht. Er brauchte seinem Hass einfach nur freien Lauf zu lassen. Zuerst wollte er sich Bonnie vornehmen. Danach war die Blonde dran. Ihr wollte er aus dem Büro zu ihrer Wohnung folgen. Dort hatte er dann genug Zeit, es ihr heimzuzahlen. Um die Dritte brauchte er sich nicht mehr zu kümmern. Die würde ohnehin langsam vor sich hinkrepieren.

Als Ed in die Konradstraße einbog, zog er Bonnies Wohnungsschlüssel aus der Tasche. Er hoffte nur, dass sie zu Hause war und er nicht noch lange drauf warten musste, seine Rache auszuleben. Suchend blickte er sich nach ihrem beigefarbenen VW Jetta um, konnte ihn jedoch nicht entdecken. Stattdessen nahm er den schwarzen Opel Vectra wahr, welcher auf der gegenüberliegenden Straßenseite von Bonnies Wohnung geparkt war. Doch nicht der Pkw erweckte sein Misstrauen, sondern die beiden Typen in dem Wagen. Wenn Ed sich auf etwas verlassen konnte, dann war das sein Gespür dafür, Bullen zu wittern. Langsam fuhr er an dem Zivilwagen vorbei und bog in die nächste Querstraße ein. Wenn Bonnie nicht zu Hause war und die Bullen ihre Wohnung observierten, wussten sie vermutlich um die Geschehnisse an der alten Weberei. Bei der Blonden konnte er somit auch nicht auftauchen, ohne Gefahr zu laufen den Bullen zu begegnen.

Der Umstand sich nicht rächen zu können, steigerte seinen Hass ins grenzenlose. Vor Wut und Aggression überschäumend schlug er mit der Faust gegen das Armaturenbrett. Mit Vollgas fuhr er zur ehemaligen Munitionsfabrik.

Ed erkannte sofort den roten Sportwagen. Vor Bonnies Wohnung hatte er ihn schon einmal gesehen. Damals war die Blonde in den Wagen eingestiegen. Sein Rachefeldzug schien doch noch ein Triumphzug zu werden, jetzt, wo seine Opfer wieder in greifbarer Nähe gerückt waren. Ihm war allerdings schleierhaft, wie sie auf das Versteck gekommen sind. Die Damen schien er in so mancherlei Hinsicht unterschätzt zu haben. Dies sollte ihm nicht noch einmal passieren.

Leise schlich Ed die Treppen hoch. Durch die offenstehende Eisentür konnte er beobachten, wie Bonnie am oberen Ende der Matratze saß. Alex' Kopf ruhte auf ihren Knien. Die Blonde hingegen schlug wie besessen mit einer Brechstange auf die Wand ein und versuchte den Eisenring aus dem Mauerwerk zu schlagen. Kleine Stücke des Mauerwerks spritzten umher. Bonnie hielt schützend eine Jacke über Alex' Kopf. Noch hatten sie ihn nicht bemerkt. Schließlich fiel Alex Arm auf die Matratze. Der Eisenring war aus dem Mauerwerk gebrochen.

"Das hättet ihr auch einfacher haben können."

Bonnies und Susannes Köpfe wirbelten herum.

Ed lehnte im Türrahmen und klimperte mit dem Schlüssel für die Handschellen.

"Was willst du elende Kröte hier?" Mit der Brechstange in der Hand drehte sich Susanne zu Ed um.

"Du meinst, wo ich doch alles habe. Das Geld und das wertvolle Bild. Ja, was will ich eigentlich noch hier?", fragte Ed sarkastisch.

Keiner antwortete ihm.

"Was ich alles getan habe, um an das Bild zu kommen. Und ihr taucht einfach so auf wie die Engel der Gerechten und mischt euch in Sachen ein, die euch einen Scheiß angehen. Zwei Leute hab ich umgelegt und hab jetzt 'nen Haufen Ärger am Arsch. Und wofür das alles? Für die paar Kröten. Keine 70.000,- DM sind mir geblieben. Und das Bild ... 'ne miese Fälschung. Wer von euch ist eigentlich auf diese glorreiche Idee gekommen?"

"Ich war es." Susannes Stimme war laut und fest, als sie ihm antwortete. Noch immer stand sie ihm zugewandt da und hielt die Brechstange fest in den Händen, bereit damit zuzuschlagen, falls Ed näher kommen sollte.

"Das hätte ich mir denken können. Bonnie ist auch viel zu blöd dazu. Das passt eher zu einer so arroganten Zicke wie dir. Du denkst wohl, du bist besonders schlau?"

"O. K. Es war meine Idee und es war eine scheiß Idee. Aber die anderen Beiden haben nichts damit zu tun. Lass sie gehen. Alex braucht einen Arzt, sonst verblutet sie."

"Oooch," antwortete Ed mit übertrieben gespieltem Mitleid. "Sonst verblutet sie. Nein, das wollen wir ja alle nicht."

Mit dem Fuß stieß Ed den Benzinkanister um, den er vor sich auf den Boden gestellt hatte. In sekundenschnelle breitete sich das Benzin aus und drang bis zur Matratze vor. Erschrocken machte Susanne einen Satz zurück. Bonnie zog derweil Alex weiter nach hinten in den Raum.

"Verbluten soll hier keiner. Ich dachte da mehr so an verschmoren oder vielleicht in die Luft fliegen." Mit einem Nicken deutete Ed auf die Holzkisten zu seiner Linken. "Ob die alte Munition hier in den Kisten wohl noch was taugt?"

Winkend hielt Ed das silberne Feuerzeug in der Hand.

"Ich habe das Bild." Alex´ Stimme krächzte. "Ich weiß, wo es ist."

"Ach nee. Jetzt auf einmal. Für wie blöd haltet ihr mich eigentlich?"

"Ein Freund hebt es für mich auf."

"Das ist mir jetzt scheißegal. Ich habe keine Lust mehr auf eure blöden kleinen Spielchen. Zeit zum ..."

Weiter kam Ed nicht. Mit beiden Armen versuchte er die Brechstange abzuwehren, die ihm Susanne entgegenschleuderte. Wie eine Raubkatze schnellte sie vor und warf sich mit ihrem ganzen Gewicht gegen Ed. Wie zwei Ringer fielen sie zu Boden. Als Susanne mit ihrem Knie auf Eds Schusswunde fiel, schrie er laut auf. Ed schrie jedoch nicht nur vor Schmerzen, sondern vor allem vor unterdrückter Wut und Hass. Seine Faust traf Susanne mit solcher Wucht, dass sie rückwärts zu Boden ging.

Ed robbte zum Feuerzeug, welches ihm aus der Hand geflogen war, als er die Brechstange abwehrte. Mühsam rappelte er sich hoch, ließ die Klappe des Feuerzeuges aufschnappen und rollte mit seinen Daumen über den Feuerstein. Sofort entzündete sich die Flamme. Wie ein schützendes Schwert hielt er die Flamme vor sich und humpelte rückwärts zur Tür. Der schwache Schein der Flamme ließ seine zusammengekniffenen Augen erkennen. Hass spiegelte sich in seinem Gesicht.

Eds Gesichtsausdruck veränderte sich auch nicht wesentlich, als er zu lächeln anfing.

"N-e-e-e-i-i-i-n!"

Bonnies Schrei zerriss den Moment der Stille als das Feuerzeug mit flackernder Flamme zu Boden fiel. Sofort breiteten sich die bläulich schimmernden Flammen aus und warfen gespenstische Schatten an den Wänden. Susanne rollte zur Seite und schaffte es gerade noch, nicht von den Flammen ergriffen zu werden. Rückwärts wich sie in den hinteren Teil des Raumes zurück. Bonnie starrte nur fassungslos auf die bedrohliche Feuerwand.

Ed griff nach der Brechstange und verließ eiligst den Raum. Mit einem lauten Krachen fiel die Tür hinter ihm zu.

Susanne spürte Panik in sich aufkommen. Der einzige Weg nach draußen war der durch die Tür. Die Arme schützend vor dem Gesicht haltend, sprang sie durch die Feuerwand. Für einen kurzen Moment spürte sie sengende Hitze, spürte wie die Flammen versuchten sie zu verschlingen. Sie war an der Tür angelangt und versuchte mit aller Kraft sie aufzudrücken, während die Flammen immer weiter nach ihr griffen, immer näher kamen. In Todesangst schlug sie gegen die Tür.

"Lass uns hier raus. H-i-l-f-e-e-e!"

Ed, der die Brechstange von außen vor die Tür geklemmt hatte, hörte die Schreie hinter sich verebben, als er voller Genugtuung die Treppen hinunterging.

So sehr Susanne sich auch bemühte die Tür aufzudrücken, so gab sie dennoch nicht einen Zentimeter nach. Und das Feuer kam immer näher. Susanne spürte, wie die todbringende Hitze immer unerträglicher wurde und die Flammen versuchten sie zu packen und zu verschlingen.

Als sie sich umdrehte, konnte sie den hinteren Teil des Raumes vor Qualm nur noch schemenhaft erkennen. Wollte sie jedoch dem Feuer entkommen, so musste sie durch seinen gierigen Schlund springen. Zeit blieb ihr nicht. Die Augen geschlossen und die Hände schützend vor den Kopf haltend rannte Susanne durch die Feuerwand. Der brennende Schmerz an ihrem linken Knöchel war qualvoll. Sie kam ins trudeln und fiel auf den Boden. Sie hatte es geschafft, die Feuerwand zu durchbrechen. Die heißen, greifenden Feuerarme konnten sie nicht mehr packen. Mit kurzen schnellen Schlägen löschte sie die Flammen an ihrem Hosenbein und robbte in die hinterste Ecke, in der sich auch Bonnie und Alex befanden.

Umbarmherzig starrte die Feuerfratze die drei Frauen an und spie dunklen Rauch aus ihrem dämonischen Schlund. Die Gluthitze war kaum noch zu ertragen. Der stechende Qualm ließ sie ihre Augen zusammenkneifen, reizte sie zum Husten und raubte ihnen immer mehr die heiße Atemluft. Das knisternde Geräusch verriet ihnen, dass die Flammen bereits begonnen hatten, die Holzkisten neben der Eingangstür zu verschlingen.

Zusammengekauert hockten sie in der Ecke. Langsam erstarb auch Bonnies leises Winseln, als der dicke, schwarze Qualm ihnen mehr und mehr den Sauerstoff wegfraß und ihnen die Sinne schwanden. Alex hatte schon längst ihre Augen geschlossen. Krampfhaft hielt Bonnie ihren leblos wirkenden Körper in den Armen.

Der Feuerdämon bäumte sich kraftvoll auf, als die Tür aufflog und er mit frischem Sauerstoff gefüttert wurde. Sofort griff er nach seiner Nahrung, so dass Doozer zunächst einige Schritte zurückweichen musste, um nicht von ihm verschlungen zu werden.

Auf Bonnie wirkte Doozer wie eine heilige Erscheinung, die soeben die Himmelstür geöffnet hatte.

"Doozer, hier."

Ohne zu zögern sprang Doozer in die Flammen und kämpfte sich zu den drei Frauen durch. Mit seinen mächtigen Pranken riss er Susanne an den Armen hoch und kniete sich dann zu Alex runter. Wie eine leichte Strohpuppe hob er sie hoch. Susanne half derweil Bonnie beim Aufstehen.

"Wir gehen alle gleichzeitig. J-e-e-e-t-z-t."

Mit letzter Kraft rannten sie los durch die Feuerwand. Bonnie und Susanne voran. Doozer folgte ihnen mit Alex auf dem Arm.

Das Verlassen des Raumes war wie der Schritt in eine andere Welt. Die dunkle Feuerhölle hinter sich lassend betraten sie nun eine Welt voller Helligkeit, in der ihnen die Sonne freundlich entgegenschien. Nachdem der letzte dreckige Qualm ausgehustet war, füllten Bonnie und Susanne ihre Lungen mit frischer, sauberer und wohlriechender Luft.

Sie hatten die Treppe bereits verlassen und befanden sich in der Mitte des Platzes, als eine ohrenbetäubende Explosion sie in Deckung gehen ließ. Den Kopf mit den Armen geschützt, knieten sie auf dem staubigen Boden. Doozer hatte Alex auf den Boden gelegt und schützte sie mit seinem breiten Körper. Kleine Steinchen prasselten auf sie hernieder. Als der steinerne Platzregen vorbei war, schauten sie nach oben. Die Türöffnung war nunmehr um einige Meter vergrößert, das Treppengeländer im oberen Teil weggesprengt. Eine dicke, schwarze Wolke stieg in den blauen Himmel auf. Vereinzelt bahnten sich ein paar Flammen den Weg ins Freie, verloren sich dann aber in der Luft.

"Sie braucht einen Arzt. So schnell wie möglich."

Nicht nur Bonnie blickte besorgt auf Alex. Sie war immer noch ohnmächtig. Vorsichtig schob Bonnie das blutdurchtränkte Hemd zur Seite. Noch immer sickerte ein wenig Blut aus der Wunde.

Susanne fühlte den Puls an Alex' Halsschlagader. Er pochte. Schwach aber noch war er da. Niemand traute auszusprechen, was sie alle dachten. Was ist, wenn ...

"Halt gefälligst durch." Doozers Stimme klang verzweifelt. Tief waren die Falten auf seiner Stirn, wässrig seine Augen.

Als sie das Aufheulen des Motors vernahmen, wurden sie jäh aus ihren Gedanken, ihrer Besorgnis gerissen. Wie ein schabender Stier saß Ed in seinem Wagen und ließ den Motor aufheulen. Bonnie, Susanne und Doozer starrten zu ihm herüber.

"Scheiße", kommentierte Susanne.

"Wir müssen uns aufteilen. So haben wenigstens zwei von uns eine Chance. Doozer, Du nimmst Alex und läufst mit ihr rechts rüber. Susanne und ich laufen links rüber. Vielleicht schaffen wir es."

Ein letztes mal heulte der Motor auf, bevor Ed den Gang einlegte und das Gaspedal herunterdrückte. Staub wirbelte auf, als die Reifen durchdrehten.

Doozer nahm Alex´ schlaffen Körper hoch und lief in die vereinbarte Richtung. Auch Bonnie und Susanne rannten los.

Ed kam immer näher. Wie ein schnaubender Stier raste er auf sie zu.

Im Augenwinkel sah Bonnie, dass er den Wagen auf sie zusteuerte. Mit Doozer und Alex hätte er ein leichteres Ziel gehabt, doch offensichtlich war sein Hass ihnen gegenüber noch größer.

Bonnie und Susanne rannten so schnell sie konnten. Immer wieder schauten sie sich flüchtig nach dem heranrasenden Untier um. Der Platz erschien Bonnie jetzt doppelt so groß und die rettenden Werkshallen unerreichbar weit. Etwas über die Hälfte der Strecke hatten sie erst zurückgelegt.

Die Geräusche des metallenen Stieres wurden immer lauter, kamen immer näher. "Schneller" schrie sie in Panik Susanne zu, als sie merkte, dass sie es nicht schaffen würden. Zu schnell kam er auf sie zu, zu weit war noch die Strecke, die sie zurücklegen mussten.

Je mehr sich der Abstand zwischen ihnen verringerte, um so größer wurde ihre Panik.

Susanne verlor ihren kleinen Vorsprung vor Bonnie, als sie auf dem unebenen Boden zu Fall kam. Bonnie war nunmehr einige Meter voraus. Sofort rappelte sich Susanne wieder auf und rannte weiter, doch die Bestrafung für diesen Zeitverlust erfolgte sogleich. Ed hatte sie beinahe eingeholt.

"Die rennen ja wie die Kaninchen."

Ed war amüsiert über das, was sich einige Meter vor seiner Windschutz-scheibe abspielte.

Ed steuerte auf Bonnie und Susanne zu.

"Heute Abend gibt es Hasenbraten", rief er vergnügt.

Um beide zu erwischen hielt Ed direkt auf Bonnie zu und riss, kurz bevor er sie erlegte, das Lenkrad herum. Gleichzeitig zog er die Handbremse um dadurch das Heck zum ausbrechen zu bringen. Damit konnte er der Blonden den Fangschuss verpassen.

Als Bonnie den Wagen auf sich zuschießen sah, hechtete sie zur Seite. Mit einer Flugrolle über die Ecke des linken Kotflügels kam sie unsanft auf dem Boden zu liegen. Aber zumindest hatte sie dem Wagen ausweichen können.

Susanne erging es dagegen schlechter. Schmerzhaft erfasste sie das herumschleudernde Heck und ließ sie einige Meter durch die Luft fliegen, bevor sie unsanft auf dem Boden aufschlug. Reglos blieb sie mit geschlossenen Augen liegen. Nachdem sie begriffen hatte, dass Ed sie erwischt hatte, überprüfte sie die Auswirkungen. Der stechende Schmerz in ihrem Bein schien auf den ganzen Körper abzustrahlen. Dennoch konnte sie die übrigen Glieder wenige Zentimeter anheben und sich so überzeugen, dass nicht noch mehr Knochen gebrochen waren.

Als sie die Augen öffnete und den Kopf anhob, sah sie Bonnie auf sich zustürmen.

"Bist du in Ordnung? Hast du dich verletzt? Sag doch was."

"Ich glaube, mein Bein ist gebrochen."

"Du musst aufstehen. Wir müssen hier weg." Bonnies besorgter Blick ging zum Ende des langgezogenen Platzes. Wieder ließ Ed den Motor aufheulen. Der schnaubende Stier schabte und wartete darauf, erneut zuzustoßen.

Mühselig und vor Schmerzen schreiend setzte sich Susanne mit Bonnies Hilfe auf. Der Versuch ganz aufzustehen scheiterte kläglich.

"Du musst aufstehen. Bitte."

"Es geht nicht." Tränen des Schmerzes kullerten Susannes Wangen herunter.

"Bring dich in Sicherheit. Geh weg."

Bonnie rührte sich nicht.

"Nun mach schon. Oder willst du, dass er uns beide erwischt? Geh endlich. L-a-u-f."

Susanne schrie Bonnie regelrecht an. Doch Bonnie blieb.

"Soll er doch kommen."

Wieder hinterließ Ed eine riesige Staubwolke, als er mit durchdrehenden Reifen losfuhr. Nacheinander knallte er die Gänge rein. Zweiter, Dritter, Vierter.

Mit rasender Geschwindigkeit fuhr er auf sie zu. Wie erstarrt blickten ihm Bonnie und Susanne entgegen. Sie bemerkten daher auch nicht den Wagen, welcher sich hinter ihrem Rücken mit Höchsttempo auf sie zu bewegte. Sie sahen den Wagen erst, als er knapp an ihnen vorbeifuhr und sie den Luftzug spürten.

Nur den Bruchteil einer Sekunde später krachten die Fahrzeuge frontal zusammen. Das laute Geräusch von splitterndem Glas, brechenden Kunststoffteilen und sich verbiegendem Eisen erzeugte bei Bonnie vor Entsetzen eine Gänsehaut. Entsetzt war sie auch als sie sah, wie eine Person wie ein unförmiger Ball über den Boden rollte. Nachdem er endlich zum liegen kam rappelte er sich langsam hoch und ging mit wankenden Schritten auf Bonnie und Susanne zu.

Als Susanne Kommissar Thoms erkannte, rief sie ihm entgegen.

"Alex liegt da vorne. Sie braucht sofort einen Arzt, sonst stirbt sie."

Thoms kam näher und blickte auf Susanne nieder. Der offene Bruch an ihrem Bein war unverkennbar. Aus seiner Westentasche kramte er ein winziges Handy hervor. Erleichtert stellte er fest, dass es bei seinem Stunt nicht beschädigt wurde.

"Kaum zu glauben, es funktioniert noch."

Mit wenigen Worten schilderte Thoms was passiert war und forderte Unterstützung an.

Die riesige Staubwolke, welche die beiden Fahrzeuge umhüllte, lichtete sich allmählich und gab nach und nach den Blick auf die fest in einander verkeilten Wagen frei. Ihre ursprüngliche Form war zu einem einzigen großen Klumpen Blech umgewandelt worden. Beide Fahrzeuge waren durch die Wucht des Aufpralls auf ungefähr die Hälfte ihrer ursprünglichen Fahrzeuglänge zusammengestaucht worden. Die starken Deformationen und die um den Blechklumpen verstreut liegenden Fahrzeugteile verdeutlichten auf schockierende Art und Weise, welche ungeheuren Kräfte freigesetzt worden waren.

Bonnie ging mit weichen Knien einige Schritte auf die Fahrzeuge zu. Der hellgrüne Mercedes von Ed ragte erst ab dem mittleren Teil der Fahrerkabine aus dem Blechknäuel heraus. Durch die hintere Seitenscheibe konnte Bonnie einen Blick in das stark verkleinerte Wageninnere werfen. Der Fahrersitz war bis in die Rücksitzbank geschoben worden. Ed saß aufrecht im Sitz. Bonnie konnte jedoch nur seinen Oberkörper sehen, da der Motorblock von seinem Wagen beim Aufeinandertreffen der Blechmassen nach hinten geschoben worden war und nunmehr in Ed steckte. Sein Kopf lehnte vor der Nackenstütze. Seine weit aufgerissenen, toten Augen starrten ins Leere. Ein spitz zulaufendes Teil der zerfetzten Motorhaube von Thoms Wagen hatte sich schräg unter sein Kinn gebohrt und ragte am oberen Ende der Nackenstütze wieder heraus. Sein Blut lief am scharfkantigen Blech entlang und tropfte am unteren Ende herunter.

Bonnie wandte sich ab. Da Thoms sich fürsorglich um Susanne kümmerte, ging sie auf die andere Seite des Platzes zu Doozer und Alex. Noch immer war Alex ohne Bewusstsein und lag leblos in Doozers Arm. Eine Hand presste er auf die Wunde. Mit zittriger Hand fühlte Bonnie ihren schwachen Puls. Die Stille, die jetzt diesen Ort umgab, war Bonnie unerträglich.

"Wie hast du uns gefunden?"

"Nachdem der Polizist hinter euch hergerannt ist, bin ich aus Alex' Wohnung raus und habe mich schnell aus dem Staub gemacht. Zu Hause habe ich dann rumgesessen und gegrübelt. Ich dachte, ihr meldet euch vielleicht. Als mir dann die Decke auf den Kopf gefallen ist, bin ich in mein Auto gestiegen und zu dir nach Hause gefahren. Gerade als ich meinen Wagen zum Parken abgestellt hatte, fuhr der grüne Mercedes an mir vorbei. Ich bin dann schnell wieder eingestiegen und ihm hinterher gefahren. Als er Richtung Norden fuhr wusste ich, dass er zu Alex fährt. Leider hat er mich zum Schluss abgehängt. Mein Wagen ist ja auch nicht der schnellste und bemerken durfte er mich auch nicht. Deswegen kam ich erst später an."

"Wir haben nicht gewusst, dass du entkommen konntest und zu Hause wartest. Sonst hätten wir dich angerufen. Ich war so froh, als ich dich gesehen habe. Ohne deine Hilfe wären wir da oben nicht rausgekommen."

"Ich wünschte ich hätte mehr tun können. Vielleicht würde es Alex dann besser gehen."

Bonnies und Doozers Unterhaltung wurde durch das schlagende Geräusch des herannahenden Rettungshubschraubers unterbrochen. Nachdem der Hubschrauber gelandet war und Alex bereits ärztlich behandelt wurde, trafen die anderen Unterstützungskräfte ein. Ein ganzes Heer von Rettungs-, Notarzt- und Streifenwagen rückte an.

Mit Tränen in den Augen sah Bonnie zu, wie verschiedene Spritzen und Kanülen in Alex' Adern gestochen wurden. Langsam perlten die roten Tropfen aus der Blutkonserve über den Schlauch in Alex leblos wirkenden Körper. Die Sauerstoffmaske verdeckte einen Teil ihres fahlen Gesichtes. Auf drei wurde ihr Körper auf die Trage gehievt, festgeschnallt und zum Hubschrauber gebracht.

"Wird sie es schaffen?", fragte Bonnie einen der Helfer mit tränenerstickter Stimme.

"Das kann ich noch nicht sagen. Aber es sieht nicht gut aus. Es tut mir leid."

Als der Hubschrauber in die Luft aufstieg wirbelte er jede Menge Sand auf. Bonnie wandte ihm den Rücken zu. Erst jetzt bemerkte sie, dass Doozer verschwunden war.

Bonnie ging zu Susanne zurück. Diese befand sich bereits im Rettungswagen. Der offene Bruch war durch Wundtücher abgedeckt, ihr Bein durch eine aufblasbare Schiene stabilisiert. Auch ihr hatte die Verletzung sichtbar zugesetzt. Mit blassem, schmerzverzerrtem Gesicht fragte sie nach Alex' Befinden.

"Was sagt der Arzt?"

"Es sieht schlecht aus."

Bonnie kauerte sich auf einen alufarbenen Arztkoffer und vergrub ihr Gesicht in ihren Händen.

Als die Türen vom Rettungswagen geschlossen wurden blickte Bonnie auf.

"Kann ich mit meiner Freundin mitfahren?"

Der Arzt nickte kurz und gab die Weisung loszufahren.

24

Eine Ewigkeit lang dauerte das Warten. In irdischen Zahlen ausgedrückt bedeutete das, dass Susanne und Bonnie nunmehr schon seit über einer Stunde auf dem Flur der Intensivstation saßen und warteten. Noch immer befand sich ein halbes Dutzend Ärzte und Schwestern im Operationssaal. Gelegentlich konnte sie einen Blick hineinwerfen. Immer dann, wenn die Tür aufging und ein Arzt oder eine Schwester das Zimmer betrat oder verließ.

Und jedes mal wenn die Tür aufging und ein Arzt herauskam, hielten sie den Atem an und hofften auf eine Mitteilung. Hofften, dass man ihnen sagte, sie wird überleben, sie wird wieder gesund.

"Warum sagt denn niemand etwas. Eine Wunde zusammenzunähen kann doch nicht so lange dauern."

Bonnie war mit ihren Nerven am Ende. Nervös ging sie den Flur auf und ab. Gelegentlich setzte sie sich auf einen dieser unbequemen Plastikstühle, welche an der Flurwand montiert waren, nur um kurze Zeit später wieder aufzuspringen und erneut den Flur rauf und runter zu laufen. Wie ein Biber knabberte sie an ihren Fingernägeln und zuckte jedes Mal zusammen, wenn die Tür zum Operationssaal wieder aufschwang.

Das Warten zermürbte sie ebenso sehr wie Susanne. Nur konnte Susanne nicht hin und herlaufen. Mit dem üblichen Totenhemd bekleidet saß sie in einem der Klinkbetten. Ihr gebrochenes Bein ruhte geschient auf einem Schaumstoffkissen. Ihre Röntgenaufnahmen lagen schon auf der Bettdecke bereit. Über einen Tropf gelangten einige Medikamente in ihren Blutkreislauf und unterdrückten so die schlimmsten Schmerzen. Bislang hatte sich Susanne schlicht geweigert, ihren Bruch operieren zu lassen. Erst wollte sie wissen, wie es um Alex stand.

Nachdem Kriminalhauptkommissar Thoms seine Kollegen um die Geschehnisse an den alten Fabrikhallen in Kenntnis gesetzt hatte, war er ebenfalls zum Krankenhaus gefahren. Jetzt wartete er zusammen mit den Frauen auf eine Nachricht der Ärzte.

Susanne war sich sicher, dass ihm einige Fragen unter den Nägeln brannten, doch er war taktvoll und einfühlsam genug, diese hinten anzustellen. Seit er da war, hatte er sich nur nach Alex' Gesundheitszustand erkundigt und versucht, Bonnie und sie zu beruhigen. Rührend kümmerte er sich auch darum, dass sie ein zweites Kissen bekam und die Dosierung der Medikamente hochgesetzt wurde, damit sie die Schmerzen besser aushalten konnte. Susanne war ihm dankbar für seine Zurückhaltung und froh, dass er da war und sich ein wenig um sie kümmerte.

Der schwarze Minutenzeiger an der Uhr schien still zu stehen. Es geschah nicht wirklich etwas. Zumindest nichts sichtbares. Jedes mal, wenn die Tür zum Operationssaal aufschwang, bot sich ihnen der gleiche schreckliche Anblick. Alex lag auf einer schmalen Pritsche in der Mitte des Raumes. Ihre Arme waren seitlich ausgestreckt und auf Armlehnen festgeschnallt. Eine Vielzahl von Venülen steckte in ihren Armen. Schläuche und elektronische Messdrähte verbanden ihren Körper mit medizinischen Geräten. Ein besonders großer Schlauch steckte in ihrem Mund und war mit Pflaster festgeklebt.

Zwei tellerförmige Lampen mit jeweils sechs Strahlern sowie etliche Neonröhren tauchten den Raum und Alex Körper in ein gleißendes Licht. Das silberne Operationsbesteck glänzte unheimlich. Die Fliesen am Boden und an den Wänden wirkten kalt und steril.

In hektischer Betriebsamkeit wirkte das Operationsteam um Alex herum. Alle trugen grüne Kittel, Handschuhe, Kopfbedeckung und Mundschutz. Nur ihre Augen waren frei. Medizinische Fachbegriffe schwebten durch den Raum. Jeder schien geflissentlich seiner Aufgabe nachzugehen.

Die Minuten vergingen. Je mehr sie warteten, um so öfter schauten sie auf die Uhr, so als warteten sie einen verabredeten Zeitpunkt ab. Doch nichts passierte. Die Zeit quälte sich nur mühsam voran. Nichts geschah.

Durch die geschlossene Tür drangen leise die Stimmen der Ärzte und die beängstigenden Geräusche der medizinischen Geräte auf den Flur.

Als die Geräuschkulisse lauter wurde, blieb Bonnie vor der Tür stehen und verharrte. War bislang immer nur ein gleichbleibendes Stimmengemurmel zu hören, so konnte sie jetzt einzelne, aufgeregte Wortfetzen, wie "... auf 40 Milliliter erhöhen ...", "... pumpen, schnell ..." und "... los hier rüber ..." vernehmen.

Thoms war aufgestanden und stand nun neben Bonnie. Auch Susanne hatte sich in ihrem Bett aufgerichtet. Angespannt lauschten alle drei nach Worten oder Geräuschen hinter der Tür.

Tack. Auf dem Flur war es so still, dass sie den Minutenzeiger der Uhr vorspringen hörten. So sehr sie sich auch anstrengten, so konnten sie doch nichts mehr hören. Hinter der Tür war es wieder ruhig geworden, beängstigend ruhig. Keiner wagte zu atmen. *Tack.*

"Zurücktreten!"

Duff. Das Geräusch klang dumpf und unheimlich.

Dann hörten sie die gleiche Stimme wieder.

"Alle zurücktreten!"

Duff.

Bonnie konnte die Ungewissheit nicht mehr ertragen und drückte eine der Schwingtüren einen Spalt auf. Nur noch ein Arzt stand direkt neben Alex. Die anderen befanden sich zwei Schritte weiter hinten und beobachteten. Bonnie erkannte sofort, dass der Arzt einen Defibrillator in den Händen hielt. Da sie wusste was jetzt kam, ließ sie die Tür wieder zugleiten. Sie konnte nicht ertragen zu sehen, wie der Stromstoß Alex´ Körper durchfuhr.

Duff, hörten sie wieder durch die geschlossene Tür.

Bonnie und Susanne schauten sich an. Es konnte nicht sein, was nicht sein durfte.

Kurze Zeit später vernahmen sie zum letzten Mal dieses dumpfe Geräusch.

Der Abschied war schön. Sie wusste nicht warum, aber sie ging mit einem Lächeln auf den Lippen, einem Lächeln im Herzen. Etwas schönes und erfreuliches hatte ihr den Abschied leicht gemacht, ließ sie all ihren Kummer und all ihre Schmerzen vergessen.

Die Wärme die sie umgab war angenehm. So angenehm wie das Gefühl, das sie einbettete. Ein Gefühl, das sie nicht beschreiben konnte und doch kam es ihr bekannt vor. So wohlig, so schützend, so unendlich friedlich. Nicht nur ihren Körper umgab dieses Gefühl, sondern auch ihre Gedanken, ihren Geist. Ein Gefühl, losgelöst von allen Geschehnissen und Träumen aus der Vergangenheit, der Gegenwart und der Zukunft.

Jetzt verweilte sie in einer Welt nach der Zukunft. Verweilte in einer Welt ohne Raum und Zeit. Schwerelos war ihr Körper, schwingend ihre Gedanken, schwebend ihr Geist.

Durch ihre geschlossenen Augen hindurch sah sie die Wärme, sah die sanftesten Töne. So sanft, wie sie sie noch niemals zuvor in ihrem Leben gesehen hatte. Sie fühlte das, was sie sah. Sehen und fühlen war eins.

Die Ruhe war so friedlich. Und doch war es nicht still. Leise und zarte Klänge, wie man sie auf keiner Tonleiter finden konnte, umspielten ihren Geist, wurden eins mit ihrem Körper und ihren Gedanken.

Wie unendlich schön war doch diese neue, einst unbekannte Welt. Wie schön war dieses Gefühl, wie schön war dieses Leben. Viel zu lange hatte sie diese Welt nicht angenommen. Viel zu lange hatte sie Angst vor dem Unbekannten. Viel zu lange hatte sie auf diese Herrlichkeit gewartet.

Als die Tür zum Operationssaal schließlich aufging und der leitende

Chefarzt herauskam, bedurfte es keiner Worte mehr. Mit einem Kopfschütteln bestätigte er, was sie schon wussten, was sie so sehr befürchtet hatten. Geschockt standen sie einfach nur da. Keiner wusste was sie tun sollten oder wie es weitergehen sollte.

Nacheinander verließ das Operationsteam den Saal. Als letztes ging eine Schwester. Sie hatte noch die Geräte abgestellt, die Venülen und Schläuche entfernt und Alex' Arme losgeschnallt. Jetzt war es wieder ruhig.

Bonnies Schluchzen durchbrach als erstes die Stille. Sie lehnte an der Wand. Tränen tropften an ihrem Kinn herunter.

Susanne saß in ihrem Bett und starrte apathisch vor sich hin, so als konnte sie nicht glauben, was passiert war.

Selbst Thoms ließ resigniert den Kopf hängen.

Als die Tür zur Intensivstation kraftvoll aufgestoßen wurde, blickten alle drei gleichzeitig hoch.

Doozer betrat mit Jonathan an der Hand den Flur. Mit festen Schritten ging er auf sie zu.

Jonathan wirkte ein wenig ängstlich. Seine Geburt ausgenommen, war er noch nie in einem Krankenhaus gewesen.

Vor Bonnie, Susanne und Thoms blieben sie stehen. Jonathan griff auch mit seiner zweiten Hand nach Doozers mächtiger Pranke. Mit seinen großen, braunen Rehaugen schaute er zu ihm auf.

Doozer schaute nacheinander in Thoms´, Susannes und Bonnies Gesicht. Dann zeigte er mit dem Kopf in Richtung Operationssaal und fragte: "Da?"

Bonnie nickte.

Zärtlich strich Doozer über Jonathans dunkles Haar. Er schob die Tür auf und zusammen gingen die beiden hinein.

Die Herrlichkeit war nicht in Worte zu fassen. Wie sollte sie auch das Gefühl der völligen Glückseligkeit beschreiben können. Dieses Gefühl welches sie umgab, hüllte nicht nur ihren Körper, sondern auch ihren Geist und ihre Gedanken ein. Es begann eine Herrlichkeit, die niemals enden würde.

Doch diesmal veränderte sie sich, schleichend aber unaufhaltsam.

Langsam wechselten die sanften und weichen Farben, wurden heller. Langsam wurden die leisen und zarten Klänge lauter, formten sich zu Tönen. Langsam löste sich dieses wohlige und schützende Gefühl, welches sie einbettete, auf. Sie spürte die Veränderungen und wünschte so sehr, dass sie aufhörten, wünschte so sehr, dass alles so blieb wie es war. Doch sie veränderte sich immer weiter und weiter. Die sanften, weichen

Farben verschwanden, es wurde immer greller. Auch die leisen, zarten Klänge waren nicht mehr zu hören. Stattdessen drangen unangenehme Töne zu ihr vor. Und das wohlige, schützende Gefühl war dem Gefühl der Verwundbarkeit gewichen. Sie spürte wieder ihren Körper, merkte wie der Geist ihr entglitt und ihre Gedanken wild durcheinander kreisten. Sie wollte es stoppen, wollte zurück, doch es gelang ihr nicht.

Der Druck wurde immer größer. Besonders spürte sie ihn am rechten Arm. Ihre Gefühle fuhren Achterbahn, die Töne formten sich zu Wörtern und drangen aus der Ferne zu ihr vor.

"Mama, mach doch die Augen auf."

Allmählich ordneten sich ihre Gedanken. Die letzten Stunden, die letzten Tage, ihr vergangenes Leben. Alles lag jetzt klar vor ihr.

Das Licht wurde immer greller und gleißender. Für einen Moment brannte es sich fest, als Alex die Augen aufschlug.

Schnell hatte sie sich an das grelle Neonlicht gewöhnt und konnte ihre Umgebung sehen. Sie sah wie Jonathan vor ihrem Bett saß. Er hatte seine kleine Hand in ihre gelegt, sein Kopf ruhte auf ihrem Arm. Alex bewegte ihre Finger, zog sie zusammen und drückte Jonathans Hand. Er hob seinen Kopf und schaute zu ihr auf. Seine Wangen waren nass von Tränen, welche aus seinen großen Kinderaugen gekullert waren.

Ein leises, schluchzendes "Mama" kam aus seinem Mund, bevor er ihr um den Hals fiel und sie so fest er konnte umarmte.

Fassungslos sah Doozer, was gerade vor seinen Augen passierte. Trotzdem konnte er es nicht begreifen. Er hatte Jonathan geholt weil er wusste, dass er Alex mehr bedeutete, als alles andere auf der Welt. Deshalb wollte er auch, dass er das Letzte war was sie sah, falls sie sterben sollte. Als er jedoch den Flur der Intensivstation betrat und Bonnie und Susanne sah, wusste er, dass er zu spät gekommen war.

Dennoch wollte er Jonathan die Möglichkeit geben, sich zu verabschieden. Die ganze Zeit hatte er hinter ihm gestanden und ihm väterlich die Hand auf die Schulter gelegt. Jonathan zuliebe war er stark geblieben und hatte seine Tränen zurückgehalten. Doch jetzt füllten sich seine Augen mit Tränen der Freude. Alex hatte die Augen aufgeschlagen und ihre Arme um Jonathan gelegt. Er konnte es immer noch nicht begreifen.

Vor Freude taumelnd, stolperte er auf den Flur hinaus. Verständnislos betrachteten ihn Bonnie, Susanne und Thoms, als er ihnen wie in Trance entgegengrinste.

"Sie lebt. Sie ist gar nicht tot. Alex l-e-e-e-b-t."

Bonnie und Thoms stürmten in den Operationssaal.

"D-das gibt es doch gar nicht", stammelte Bonnie vor sich hin. Doch schon im nächsten Moment umarmte sie vor Freude jauchzend den neben ihr stehenden Thoms, der noch immer ungläubig auf Alex stierte.

Doozer hatte derweil Susannes Krankenbett, in den Operationssaal geschoben. Als Susanne sah, wie Jonathan in Alex' Armen lag und wie ihr Lächeln wieder ihre Lippen umspielte, stimmte auch sie in das Freudengeheul mit ein.

Durch die ungewöhnlichen Trauergeräusche angezogen, erschien der Chefarzt. Wie vom Blitz getroffen blieb er in der Tür stehen und schüttelte ungläubig seinen Kopf. Dann rief er über den Flur nach seinem Operationsteam und verwies die fünf des Raumes. Nach wenigen Minuten trat er wieder vor die Tür.

"Ich kann es selber kaum glauben aber ihr geht es den Umständen entsprechend gut. Ihre Vitalfunktionen haben sich stabilisiert. Sie ist natürlich noch sehr erschöpft und braucht jetzt erst einmal viel Ruhe. Aber Sie wird wieder ganz die Alte."

"Das ist das Schönste, was ich je gehört habe", unterbrach Bonnie den Chefarzt.

"Ab heute können sie zweimal im Jahr den Geburtstag ihrer Freundin feiern."

25

Es war Maries erster Geburtstag. Munter krabbelte sie auf dem Boden zwischen all den Papierschlangen und bunten Luftballons umher und erkundete ihre Umgebung. So viele Beine um sie herum. Zwischendurch wurde sie immer mal wieder hochgehoben, gedrückt und geknuddelt, was von Marie mit einem quietschenden Lachen bedacht wurde.

Besonders Jonathan hatte es ihr angetan. Sobald sie ihn erblickte, strahlte sie über das ganze Gesicht. Und obwohl sie erst ein Jahr alt war, konnte man schon deutlich Bonnies Gesichtszüge in ihrem niedlichen Babygesicht wiedererkennen.

Doozer kümmerte sich rührend um die Kleine. Nach den Vorfällen an der alten Fabrikhalle, hatte er Bonnie nahezu jeden Tag besucht. Die zarten Bande der Liebe hatten sich immer mehr verknüpft und seitdem Bonnie bei ihm eingezogen war, hatte sich Doozer zu einem perfekten Familienvater gemausert.

Thoms und Susanne waren letzte Wochen erst braungebrannt von ihrem Südseeurlaub zurückgekehrt. Heute waren sie mit einem riesigen Teddybären im Schlepptau zum Geburtstag erschienen. Marie versuchte gerade den Bauch des Bären zu erklimmen, um an seine bunte Halskette zu gelangen.

Alex betrachtete das fröhliche Durcheinander. Sie war froh, dass diese Menschen ein Teil ihres Lebens geworden waren. Nach ihrem Krankenhausaufenthalt hatten sie Alex alle gemeinsam abgeholt. Doch statt in ihre alte Bruchbude zu fahren, überraschten sie Alex mit einer kleinen, komplett in Eigenleistung renovierten Wohnung. Jetzt besaß sie sogar eine vollständig eingerichtete Küche und ein Kinderzimmer. Ihrem Antrag auf Erweiterung des Besuchsrechts für Jonathan war stattgegeben worden. Jetzt durfte sie ihn schon Freitag nachmittags von der Schule abholen und konnte das ganze Wochenende mit ihm verbringen.

"Hey Mama, es geht los."

Begeistert rannte Jonathan in der Wohnung hin und her. Als Jüngster durfte er sich aussuchen, wer zu seinem Team gehören sollte. Natürlich hatte er mit Doozer den stärksten Kämpfer. Und da Männer sowieso besser essen konnten als Frauen, holte er Thoms noch mit in seine Mannschaft.

Susanne, Bonnie und Alex platzierten sich auf der anderen Seite des Tisches. Vor jedem Team hatte Jonathan sorgfältig eine Pyramide aus zehn Negerküssen aufgebaut.

"Also gut. Keiner darf die Hände benutzen. Wer zuerst fertig ist, hat gewonnen", erklärte Bonnie noch einmal die Regeln. "Jonathan gibt das Startzeichen."

Mit vor Aufregung roten Wangen gab Jonathan das Kommando.

"Auf die Plätze, fertig – los."

Mit lautem Geschnatter fielen sie wie Trüffelschweine über die Negerküsse her. Jonathans Mannschaft gewann mit vier Negerküssen Vorsprung. Als Doozer auf den Auslöser drückte und den Blitz entflammen ließ, hielt die Kamera die lachenden und negerkussverklebten Gesichter von Susanne, Bonnie und Alex fest.